送给J，

送给1980年代的

越南姑娘

湄公，送你一首渡河的歌

[illegible] 著

天津出版传媒集团
天津人民出版社

对于一段已经逝去的情感，到底，
一条河流能够带来又能带走什么呢……

引子

分手旅行

2009年1月26日傍晚，我在卢克索火车站附近迷了路，撞进了一家粉红色的小餐馆。信手翻开一个糅得乱兮兮的留言薄，突然我的眼泪夺眶而出。

那是一个叫做小云的女子所写的一封长信。

“这是我对你的最后一次旅行。”

“三年的时间，也足够了吧。”

我拍下了它。我知道，我并不孤单。

我要去

你有没有看到我右小腿上那一块圆形的小疤?

每一次旅行回家，一边喝妈妈煲的老汤，一边听她叹气：平日里也没有不乖，就是野得上瘾，叫人操心呦……温暖的感觉，总让我想起小时候，爱跟在爸爸下乡放电影的拖拉机后面奔跑，拼命哭喊着：“我要去呀，我要去。”

小疤，就是在某次上路的渴望中留下的。也许因为太疼，那成为我的人生所能记得的第一件事。生命中真的有些印迹是难以消除的呢，也许会越来越浅，越来越淡。可是它真的会变成你成长的一个部分。包括“我要去”。

河流

大河对你来说，有什么意义呢？是母亲，朋友，情人，还是兄弟？

十五岁，我上高三，我想请大河将我带走。有一些深夜，我翻过学校的铁栅栏，去和她说话。那是春天刚刚来临的长江，站在水中，也不会觉得太冰凉。她告诉我，有一天，我还会走过很多美丽的河流。

你一定也像我一样，偶尔有一个时期，有很多的话，不知道对谁去讲。那么，请让我来告诉你吧，人的一生中，值得完完整整去经历一条像湄公河这样美、这样纤巧与雄伟、这样温柔与凶猛的河流。

开始了

早晨醒来，已过中午。太阳满满地洒了一床，我紧紧地裹着被子，蜷在床角。

从湄公河回来，有多久了呢？

我的皮肤竟然还在渴望赤道附近炙热的温度。在那里，空气中弥漫着亚热带植物繁茂森森的香。河面上的紫外线把一切反射成一道暴躁的光缝。每一个毛孔都喘着粗气，诅咒着褐色的土路上扬起的红尘。然而，仅一个多月的旅程，我已经彻彻底底把身体的感觉留在了那条大河上。

湄公河，到底是一条什么样的河流……

目录

湄公河，到底是一条什么样的河流？

写在旅行笔记上的第一句话，仍然萦绕着我。

2003年4月，通往香格里拉的路上，我落脚在云南石鼓镇，茶马古道上重要的一站。我曾经专程去过离那里不远的三江并流处（澜沧江、怒江、金沙江）。那时候，我还不知道一个偶然的相逢，将决定自己未来三年的路途。

2006年6月底，因为没有办法相信自己终究可以结束一段来之不易的情感，我在川藏线上任性放逐，又见到了上游的澜沧江：她弯折在崇山峻岭之中，峡谷深处，水道细窄，两岸的植被稀少，湍急浑浊的水流拼命拍击着嶙峋怪石。正是变幻莫测的雨季，山体悬挂着一条条“之”径，人踪寂灭。那是我走过的泥泞山路，形式绝美，惊险异常。当吉普车爬到山顶，三道虹在天空浮现。我揉揉眼睛，三条炫彩的天堂之路，连接着谷底若隐若现丝线般的河流。人站在崖边，便想随着她的指引纵身飞跃。澜沧江上另一个惊险的峪口，由握枪的解放军战士把守，哨岗肃穆神秘。澜沧江也是西藏与四川的一条界河，有一座崭新的水泥桥连接，西藏辖区第一座小镇叫做如美，守着澜沧江古老的堤岸。镇子上只有几户人家，墙垣上刷着蓝漆，如同天空一样蓝，如同镇名一般艳。

7月底，我去朝山，念青唐古拉山吸走了我的魂，我的元神应已随着神山北麓的融雪，汇入了这条河流的源头吧(不然，我为何一次又一次中蛊一样走上这条路)……

从一段感情的开始到结束，起起伏伏之中，我只身一人，拥有了好几段关于二千多公里澜沧江的零星印象。我确信自己与这条河流有非同一般的缘分，我确信在那段情感和这条河流之间，存在着某种因果。当我上路的时候，我并不知道，对于一段已经逝去的情感，到底，一条河流能够带来又能带走什么。我也实在无法想象，接下来的二千多公里，被叫做湄公河的另一半，她以及她所经过的另外五个国家，将会有怎样的故事与景致。

2007年2月14日凌晨，飞机降落在昆明巫家坝机场。人们都迫不急待要离开这班晚点的飞机。

“开始了。”混乱之中，一声巨响。

我一脸茫然，轰鸣的气流声把脑袋完全搅糊。我几乎不相信那条河流即将真地出现在我面前。而我，正朝着她的方向奔去。

中国西双版纳

第五次的云南。人在不同的状态中恍来惚去。一直被梦靥缠绕：在云端听到天使的呼喊，等他揽我入怀，我却消失了；丝竹声中摇曳而来的新娘，穿过傣寨欢庆的礼堂，无视众人，飘然而去，原始森林里从空中蓦地荡过的克木青年，分明看清了他那张英俊的脸上用植物树脂涂画的神符，却一下子『咻』的没了踪影……

全都是一个梦。时间开始有空在关于离开与消失的那个空间停留。从一个没有源头的河口起程，端视自我的虚空，这个经验至今仍然安慰并鼓舞着我。

傣村
哈尼村
克木村
澜沧江通航与发电
民族婚俗
橡胶林与茶山庄

水问

好大的雾。车灯一下子就能刺穿黎明前的黑暗，却刺不穿清晨四点半的浓雾。

“迷路了吧，”一个轻轻的声音，“走吧，走得出去吗？”

车子扑扑、扑扑两下。慢慢地，不动了。

“到了，到了，景洪的，下车，都下车——啊。”（景洪，西双版纳州的首府。）

司机扯着喉咙，瓮声瓮气地吆喝。我不知道自己是一直没睡，还是从梦中被他惊醒。

雾真大。像雨。拉着行李走到候车室的一会儿工夫，头发和外套全湿了。曾经有人对我说，女人哭过的地方就会起雾。果真如此，西双版纳到底留下了多少痴情女子的眼泪？

“住店——哈，包车——呵，景洪一日游，玩——呵遍西双版纳。”

拉客的小伙子还没睡醒，一个接一个呵欠，对着我念“经”。我忍不住笑起来。这就是旅行的好处，不是吗？你时时刻刻都可能触景生情、伤春悲秋，时时刻刻又可能有新鲜人、新鲜事跑来打岔。

当彼时的眼泪终于找到滑落的时机，我正坐在景洪港一艘旧游轮餐厅，就着澜沧江牌啤酒和新割下的椰青，等待晚餐。

是雾色将来未来时分。天是蓝黑的颜色，看也看不穿的神秘。近旁的景洪大桥联结着江北的新城，崭新的铁链从高空辐射直下，如孔雀开屏。华灯初上，各种色彩的灯光在桥身变幻游走，倒映在澜沧江看似平静的水面，波光潋滟。枯水季节退出来几十米宽的石滩上，每一颗卵石，都被照耀着，微微闪亮。江边，有戏水追逐的孩子，相拥而笑的情人，促膝交谈的朋友，最出挑的是一对穿着西傣混合风格婚服拍照的新人，我们刚刚还聊过天，此时他们还没有离开。

真是完美的画面。

人走的路越多，突然面对完美的景、完美的人、完美的事，就越会产生胆怯的心理吧。是因为觉得不够真实吗？薄薄的云纱，浅浅的光线，我紧盯着这江春水，只怕一眨眼睛，温柔的时光便会瞬间消散。我觉得自己几乎能够听到河水呼吸的声音。在北京城，找遍满城的护城河沟、人工湖渠，你也找不到这样一条具有生命力的河流。我想念大河。想念她。我想要问问她，是不是每一段缘分，都像她一样，在源起的时候就已经告示了终点？

两个穿花裹裙的少女，露着纤细的腰肢，从我身畔摇曳而过。河中沐浴嬉戏的女子，顺滑黝黑的长发，荡在悠悠的水面。这是典型西双版纳想象的真实再现。不知道这江水，乘载过多少傣家姑娘的柔情蜜意，又乘载了多少傣家人亲切的情感，敬仰、缠绵或是恐惧。

“水是傣家人的神。最原始的傣文史诗，三到六世纪传入的南传上座部佛教经典，使人们心中有了严格的戒律：有林才有水，有水才有田，有田才有粮，有粮才有人。敬水拜水，是傣家人的根。”

我捧起一本《中国云南澜沧江自然保护区科学考察研究》，认真地研究起这个也许再也与我无关的地方。长途舟车劳顿，对自己的观照走到了死结，便读这种记录着经度、纬度、年份、植物种类、农作物、经济作物、宗教……的科普类小书。周遭的一切，让所有僵死的记录，热气腾腾地跳跃着。所有的感官，就是在“科考探险”的过程中张开的。

“澜沧江—湄公河国际漂流”是我的第一项“科考项目”。所谓的“国际漂”，不过是驾着轻型小艇在江面漂半个多小时的航程。江面本身也不宽，还不及上海的苏州河，远没有想象中大河该有的波澜壮阔。但可千万别因为水面狭窄，而小看了她的力量。即使是枯水季节，她的水流亦飞快。雨季时深藏河底的那些暗礁险滩在枯水季渐次接近甚至露出了水面，不时激起阵阵激流旋涡。再加上一些淘金船无序捞沙，一经水流不规则的冲刷，把航道弄得坑坑洼洼，给行船造成很大不便。

江上来往的船只很少。也许是枯水季，更加上过年，大部分船老板们暂时收了生意，倒是成全了快艇，一路肆无忌惮地飞驰。据说旺水季这里航运繁忙。中国政府这些年不停地治理这段到泰国间的航道，炸去许多暗礁和险滩，通行船只的吨位也逐渐增大，成为连接中国南部和东南亚的重要商道。

半途，快艇在江边沙滩作短暂停靠，漂流公司准备了消暑的水果，安排了两个傣家妹子候客。我赤脚踏上沙滩。那沙子细软炙热，陷进去感觉湿润和暖，甚至有些腻滑。这沙滩是一个古老的渡口，村民们世世代代在此等船。一群水傣[1]挑着担子，从深山的另一头翻越而来，“梅河力”（男人）走在前面，腰间别着细长的砍刀，为他们的“包河那”（女人）扫清丛林中的毒蛇杂枝。男人对女人全部的爱护与柔情，在这种日常而原始的过程中，让我收获了特别的感动。

我借“梅河力”的刀细细把玩，新月的形状，真是打制精细呢！不过是一把普通柴刀，也有说得过去的漆色与花纹。据说，傣族村村有铁匠、铁铺，就如佛寺缺一不可。我在哈尼村以及克木村看到过装饰凶恶的寨门和猎枪，不过是些陡增声势的摆设罢了。在版纳，除了汉人，傣人历来就是这块土地上的强势民族，他们占据着这片区域内稀少而富饶的河畔与平地。解放前，其他民族历代都屈服于傣人建立的“土地王有，王权世袭，采邑分封”的封建土司制度。很难想象，以微笑著称的傣族所具备的强悍武功，也很难想象，他们在这片荒蛮土地上建立并传承了上千年的严密政治网络与格局。这样沿袭下来，哈尼族、布朗族、克木人、拉祜族至今仍然生活在深山之中。在山区地带，如果傣人必须在山腰讨生活，那么其他民族就会被迫迁到更远的山尖上去。

1 傣族的一支，居住云南各地河边，以亲水著称。

▼有人说，女人哭过的地方就会起雾……

山势险峻，相离相隔，更难抱团。他们散落四处，成为一个又一个单独的部落。

交锋一直存在着。傣人也不是永远占上风。景迈的古茶园，最早可考的历史，记录在布朗族的佛寺之中、傣文碑刻之上。可见，布朗人在早期领土争夺中取得过胜利。布朗族虽然有自己的语言，却使用傣族的文字系统。傣民族在建筑、生活器物等方方面面对这个地区所有的民族也都有深刻的影响，民族间的交流与碰撞也非常频繁。

当然，汉族是更为强势的。从汉代起，土司政权便归附了中央政府，清代在此设置的衙门，叫做宣慰司。历朝历代，除了政治犯，极少有汉人来到这片瘴毒之地。直到西双版纳和平解放以后，随着国营农场建设大潮的涌来，开山垦田的知青，才一批一批地来，又一批一批地走。改革开放后，汉人的思维方式和经济方式，已经深深渗透到这片土地上。不仅如此，我去过的沙通和说二小两口家，他们的孩子已改用汉族姓名，叫张阿维。

虽然各个民族用不同的方式竭力去保留自己的信仰，但信仰仍然面临着死亡的危机。哈尼族部落崇拜不同的自然神。可在克木人的部落里，与克木头人祭司的交流，却让我很失望。

“您怎么和他们肤色不一样？”

“我是头人的儿子，母亲是汉人，我是有汉族血统的，我还在昆明的佛教学院念过书。”

“您信什么神？”

“信自然神。”

“那为什么用其他教派的礼仪、姿势，替代克木人的内涵，为什么要学佛教？”

"我们也需要吃好的，过现代化的生活，凭什么克木人就永远原始，你以为他们不想去外面的世界？好了，打扰你太长时间了。"他双手合十，已有请便之意。

我的问话很不客气，因为我实在对这个"景区"太失望，这位族长太像个冒牌。他膘肥体胖，戴着金丝眼镜，穿着黑榨丝袍子，白皙的脸上画满了纹饰，坐镇于这个已成为旅游商品的部族的最高山头。我们自然是每人交了150元钱才得以进入他的领地。宗教，信仰，对于今天的克木人还有什么意义呢？只是开发商巨大的噱头罢了。我思忖着，克木人自然也有几分他的道理，作为这片土地上最弱势的部族，他们世代躲在最偏最远的山里，在21世纪仍然过着刀耕火种的原始生活，我们这些嚷着想要看"原生态"的游客，凭什么让他们永远落后。我们自己又是什么心态呢？

坐在那棵一千多岁的绞杀榕树边，人们都把镜头对着一个天性活泼的克木女孩，"啪啪"按着快门。那小女孩兴奋极了，有非常到位的镜头感，她摆出的各种姿势，"V"、"OK"之类，显然是受了外面世界的影响。这个部族是2006年4月开放的。不过半年多时间便已如此，真不知如果明年再来，这里的年轻人会是什么模样。没准哪一天，在国内如火如荼的电视选秀节目中，会看到他们中的某一个，毕竟他们个个都那样俊美，是天生的演员。

景洪在傍晚的时候，整个小城都变成了市集。烤鱼摊子、米粉摊子、烧味摊子、冰凉粉摊子、蔬菜水果摊子，全部汇聚在街头巷口。我喜欢劈哩啪啦的油炸声、烟熏火燎的香和热腾腾的雾气。我喜欢年轻的情侣拉着手、骑着摩托。我喜欢年纪大的老人摇着蒲扇，大汉光着臂膀，年轻媳妇抱着吃奶的婴儿袒露着胸

▼即便是一张破碎的镜子，却是我见过的最完美的脸。

乳，洗完澡的小孩子擦着痱子粉红一块、白一块。我喜欢所有的人，大家一起出来吃东西。罩在那样的氛围中，即便一无所有，尘世也永远不会失落，而我，正如此幸运而鲜活地在他们中间。

平时，这样的市集一直到晚间12点钟以后，消夜的人散去，城市才渐渐安静下来。而三十这天，好戏却刚刚开演，景洪市的天空炸开了锅，新年的钟声即将敲响，隔壁的宾馆要以168万响的礼花祝福新年。在这似乎永远不会停息的喧嚣之中，看烟花次第开放，就像那位下午载过我的东北大哥。只是听到我稍显纯正的北方口音，本来急忙赶回家吃年夜饭的他，坚持绕道相送，硬不肯收车钱。他背井离乡，独自来到遥远的西双版纳，组建了新的家庭。说到生活的意义，他欲言又止。他想着女人贤淑，儿子健壮，梦里时时回回故乡，日子也就好好地过了下去。我想起在克木人山上的某一站。那位穿了大耳洞的克木人老奶奶，远远看见我，对我笑，拉着我抱住我。那么多游客，她只对我那么好，那么亲。说我就是她的孙女，我起身要走，她依然那么留恋。我后悔自己的戒心与慌乱，忽略了她眼睛里的殷切期盼，没有留下一点什么孝敬她。

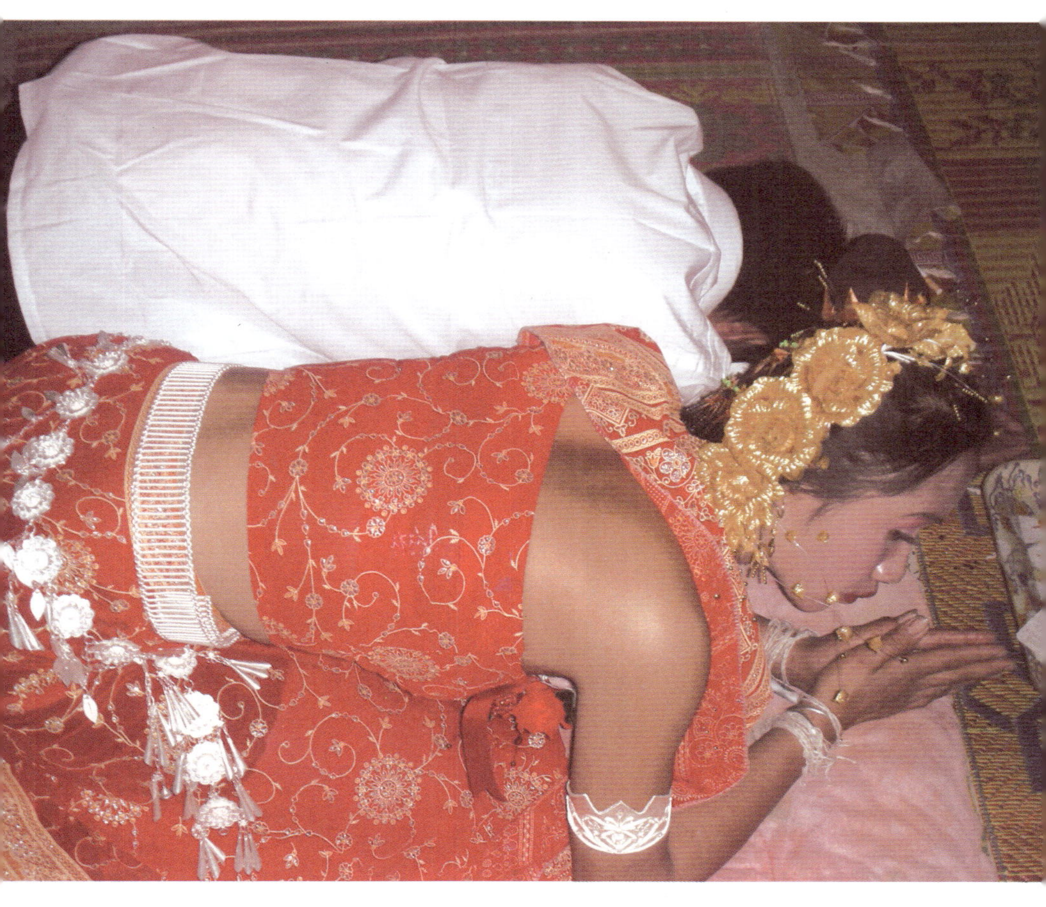

▼一个简单的婚礼至少要准备的金银饰品有：金头钗、金头花、银腰带、手镯（上手臂）、耳环、戒指、银的供神钵一对、银的礼金钵一对。

澜沧江畔的婚礼

误打误撞，我撞到了澜沧江畔一场傣族婚礼。不是傣族风情园里每天都上演的娶亲表演，而是真真正正的傣族婚礼。

旅行的意外，有波折，也有惊喜。

婚姻，不分任何种族，都是人生大事。婚礼的准备，嫁妆与聘礼，对许多民族来说，是从孩子出生的那一日便开始了。傣族人、哈尼族人、布朗人、克木人，我所接触到的版纳少数民族，概莫除外。

在景罕（知青们叫它橄榄坝）的集市上，岩坦是一位专门为新人打造幸福开端的金银匠。他家传三代，父亲至今仍在景洪市里开金店。几年前，他因为难言的原因，搬到这个镇子。他的店生意兴隆，光是接下订金的活计，就忙不完。尤其傣历新年前夕，正是族人结婚的好日子，生意更是好得不得了。

“整个景洪，数我手艺好，”他自豪地告诉我。

的确，一支金制盘头钗，不过千元出头，光是十几层花瓣的一朵花，最少也要做六朵，再加上串它们的链子，每一节都有变化，金叶子绕在头上要设计出好几层漂亮的弧线，花前叶下装饰着细长的坠子，一条坠子上至少有三种以上植物形状，每个都是三维的效果……要把这副钗的模样细细描述一番，得花上半天工夫。而这只是冰山一角，一个简单的婚礼至少要准备的金银饰品有：金头钗、金头花、银腰带、手镯（上手臂）、耳环、戒指、银的供神钵一对、银的礼金钵一对。每一件器物上，有傣族传统的大象、贝叶雕刻，也有他自已设计的新花样，极尽繁复之能事。虽然有些常用图案有自制的模具，但大多仍需要他用电焊吹，小刀挖刻，小斧捶，再加上一双巧手捏出的。这样的工事，这样的诚意，这样的美丽，怎能让人不怦然心动呢。我想请他为我打一支银制的单朵头钗，他抱歉地说，自己几天没睡觉，还要连夜为明天举行婚礼的新人打制贡钵，实在没有时间了。我满心遗憾。

不过，很快，受邀请参加一场真正的婚礼，让我一下子雀跃起来。

从景罕的渡船码头横渡澜沧江，再经过一段云山雾罩的胶林，我无意闯到了景哈村。瞎溜达时碰到了玉康的婆婆，一位漂了眉毛、发髻盘过头顶、脸红扑扑、不太会讲普通话的典型傣族妇女。她二话不说先请我们上楼喝茶吃粑粑，叫醒午睡的媳妇带着我们去转悠。媳妇玉康曾经是傣族风情园的舞娘，那个园区号称是傣族风土民俗的微缩景观，每天夸张到要举行两个泼水节，更不知会请多少游客当多少次的假新郎假新娘。起先，我以为这是一种为游客服务的项目——这在作为旅游目的地的古镇，再普遍不过了。但还是很满意，毕竟这不是用于表演的村庄。后来，

▼全村的女人都来包叶儿耙，全村的男人都来宰牛羊，奉养与牺牲、温情与残酷，这就是开始。

才发现这个村庄没有一个游客，主人完全是好客，并拒绝收钱。我不禁为自己的小心眼儿脸红。

玉康真是可爱，她25岁了，儿子3岁多，可是，当我把相机对准寺庙里一幅偷情的男女几乎全裸地被扔进火坑的画面，她的脸竟然全红了。这个寺庙也真是有趣，墙上描绘的那些佛经教义上的著名典故，虽然都是为了引导与教化民众俗世的生存规范与为人处事的道理，可是绘制出来的图像，却有许多想像不到的细节。

玉康的表妹两天后结婚。玉康带我去新郎新娘家探访。娘家人的木墙上整齐地挂满了小板凳，一幅大肆迎宾的样子。民族图案的喜庆罩单包裹着一床床红红绿绿的被子，女儿即将出嫁成人，全家都为此高兴。婆家次日将准备宴席：做甜粑粑、咸粑粑、糯米饭，杀猪、理菜。婚礼前的那个凌晨，还要宰头大牛。第二日中午，再次赶到景哈村，我顿时被眼前沸腾的场面所感染——似乎全村的妈妈奶奶都来了。傣楼下层，铺天盖地晾着刚出锅的粑粑。每个人都非常熟悉自己的角色，忙碌着。他们已经在无数次族人的婚礼中，经历过同样的协作与配合。我跟着阿妈学着包三角粽，无奈手太笨，只好静静地坐在一角，看着他们。笑语欢声之中，一股无限的生活热情与力量，随着蒸锅上方热腾腾的水气，紧紧地绕住了我。

波萝波萝蜜

他们说，会有更美丽的秋天在前面等待呢。可是，我不够勇敢。从16岁开始，一直独自旅行，这是第一次害怕。

在景洪港白得逼眼的关卡前，一股不安的情绪揪扯着我。“请在黄线外排队等候”，几个红字正露骨地嘲笑我，“那可是臭名昭著的金三角，你以为是好去的吗！”

我只好拖着行李，转过身去。黎明前喧闹的海关大厅送走了一整船的游客，此刻空无一人。灯还没有关。柔柔的光线，包围着我刚刚坐过的红色与黄色的椅子——它们空荡荡地呆在那儿，像暑期的学校食堂，陡然没了颜色与气味。墙壁上挂着的那些纽约、罗马、巴黎时间的一堆钟表，滴滴答答，倒映在大理石地板上。如此，时间更加坚硬，并生生地多出几倍来，我觉得十分伤感，走出厅外，坐在台阶上发呆。

哎！老革命碰到了新问题。我的缅甸签证并不能使我从景洪出境。没想到，在与缅甸交界、边境线长达二千多米的西双版纳，中缅边境旅游如此发达的景洪市，缅甸政府居然没有设置相应的出境口岸！（瑞丽木姐是从中国出境的唯一口岸）。

懊恼或者生气，此时毫无意义。等待签证的过程，景洪的太阳照常升起。

我朝澜沧江上的旧桥方向晃荡，去看曾被我在旅行计划中放弃的傣王宫，一个在“文革”中毁于一旦的王朝旧址。它就在去橄榄坝的路上。人们说，新桥虽是捷径，但过桥费高昂，因此，个体巴士都会绕城走旧大桥。桥下有颗冠盖繁茂的绞杀榕树，它所依附的树干，早在百数年前被它杀死，焦黑地揉捏在它的身体里面。人们在树下乘车。我终于开始了解这条我往返过七八次的路。

榕树边烤竹筒饭的粉裙子，小巧地挥舞着一柄细长的砍刀，看似孔武有力的样子。她的老公矮憨憨的，在一边加炭，不时翻翻那些纤细得如同他女人身肢的竹筒。真是很典型的傣族家庭生活画面——精明强干的女人和妥贴的男子。我吃了一个竹筒饭，香香糯糯的。她家旁边有个正经铺面，叫做“翠微米线”，翠微是我表姐的名字，于是我又吃了一碗。虽然有点车站饭馆的意味，不过像西红柿酱、酸菜、猪牛肠蛋各类口味的码子、调料十好几盆摆着随你加，除此之外，还加送一大碟蔬菜，有薄荷、豆芽、香菜，还有些叫不出名字的香草，实在要叫它“翠多米线”了。如果心慌，就吃东西，感觉会好很多。

坐在澜沧江上空，双人座位显得十分空荡，我按着自己发抖的腿，对自己说别怕。“你为什么在这里？”我问自己——“你确定要顺从这条即将叫做‘湄公’的河流吗？”

此刻，它叫澜沧江，放眼望去，高空俯视，逆光之中，她比前两天我漂流经过时更加英姿勃发。山峦层叠，石滩密布。流沙河从这里汇入江水。不同方向的冲积，形成了江心那个金黄的沙洲。景洪市在数十里之外，能看见白花花的一片，傣人叫做“告庄西双景”的，是说有十二个热闹的寨子。“西双”——十二，“景”——寨子，“版纳”——历史上朝廷分配贡赋的单位，这便是西双版纳名字的由来。几百公里外的泰国清盛港，是不是同样一个远方呢？那里的人们，应该能听懂他们一脉相承的傣话吧。

一阵扑面的柚子花香。越过江面，全长6000米的索道很快被抛在了身后。傣王宫是突出在澜沧江面上的一座阴凉的岛屿。12世纪初，第一代召片领（即领主）帕雅真选中此地[1]，建立了王朝的行宫，风雨八百年。正如帮我买票的“野导游”小李（就是我刚到景洪碰到的“呵欠大王”，我们居然再次相遇）所说，这里不再有任何遗存。人们在烟飞灰灭的傣王宫殿遗址上建立了一所博物馆，只有很少一点文物。末代傣王刀世勋，如今安住昆明，是位

1 公元前，百越先民在此开天辟地。他们是最早栽培水稻和使用犁耕的民族。中国从汉代开始在此设郡。1180年，傣族首领帕雅真在这块土地上取得了强势地位，建立土司政权近800年，臣属于历代中国朝廷。傣人政权还与湄公河两岸的暹罗人、缅甸人、寮人保持着或战或和的关系。在英殖的缅甸和法殖的越、柬、老包围下的这块国土始终不曾丧失。1870年代，法国人曾发起一场历经三个月、寻找中国通道的探险，但因湄公河航道异常艰险，而宣告失败，这次任务的执行官海军上尉杜达尔为此丢掉了性命。

傣语研究专家，在省政协挂着一个职务。著名的塔庄董、塔庄慕与圣泉，是南传上座部佛教在傣家生根的信物，都颓然得有些像年代久远的遗物。水泥浇灌的表面斑斑驳驳，破败之处露出的红砖石，让人怀疑它重修的年代。破碎的琉璃太阳花反射着强烈的光线，钻石般闪耀。塔前的佛龛，与我在傣家村庄佛寺前所见的一样，只是风吹日晒洗掉了它们身上庄重的梵黄。两座塔相距百来米。“塔庄董”高耸崖边，杂草几乎将其吞没。供人行礼磕头的石板长满青苔，塔銮边开放着一所小佛堂，不见佛像，只有两条新挂的佛幔垂下，极尽艳丽，似乎故意要与这一切形成反差。“塔庄慕”是版纳“九塔十二城”之首。现在在它周围整修出一片齐整的草坪。人们追逐着开屏的蓝孔雀，几只雀鸟害怕得缩进了佛龛。佛塔不复古老，只有这悲伤的替身，面向江水发问，既然早已空去，何苦重修，若是重新供奉，何不为佛祖留丝尊严呢？山间那些铁丝笼子里的小猴儿们，上串下跳，肆意向游客乞食，不懂得佛祖的悲伤，而那只紧紧扒在玻璃房子上的白颊长臂猿（因为珍贵，所以才住更好也更加封闭的房子吧），却有一双高贵忧郁的眼睛，让人心疼。让人快乐的是圣泉，如今仍是一道清快的涧水，甘甜如昔。还有茂盛的菩提、铁力木、箭毒树、痒树（汁液让人奇痒难当）、楠风吹南国（多好听的名字），都有着粗壮的枝干，守着这澜沧江水至少四五百年了。还好，当人们有了商品意识，大规模开山种橡胶时，也发现了这座小岛的旅游价值，不然，恐怕也留不住这百公里来唯一的绿洲。

对了，我刚才有没讲到这岛屿上有条结满了灿灿果实的菠萝蜜大道？一路黄叶飘飞，浓香满溢。我穿着短衣衫，踩着松软的落叶，这个夏天原来早已蕴积了秋的深意。

你说，什么是远方

“亲爱的，什么是远方？”

一段带着叹息的旅程，是不是找得到远方？

当这江春水，挟裹着念青唐古拉山上融雪的晶莹，绕过中国西南与中南半岛广阔的流域，穿越几千公里的崎岖坎坷，最终冲向南中国海的怀抱，会有多少温暖，可以抵达我的远方？又会有多大力量，能够冲散淤在我心中的情结？

这真是个遥远的命题呢。可是，现在，我想来问问你：你说，什么是远方？你说呢……

正午一点半，阳光毒辣。啃着嫩甜的玉米，坐在去澜沧县城的长途汽车上，我想请你告诉我，到底什么是远方？当你背起背囊，头也不回地离开温暖的家庭与熟悉的都市，扎进毫无确定性的荒野，你可曾预想，那即将到达的远方。

副驾驶的座位，使前路一览无遗。然而，我看不见什么是远方。我执著地想要去的澜沧县城，距离景洪市区有7个小时的车程（车票只要32块），行政上属思茅地界。只因她与这条河流有着相同的名字，便给了我到达的渴望。满满一车人，将妇携孺，九流三教，只有我一个戴着墨镜的异类——没有游客要去那个不着边际的县城，也没有一个当地人的眼睛怕太阳。从地图上看，澜沧县所处的位置十分古怪，无论距离版纳还是思茅，都重山远隔，似乎也没有什么需要大动干戈去开发的美景。

我们的司机剃着光头，眼角有块明显的刀疤。他黝黑墩实，显得十分凶狠。可是，只要他一笑，便会十分滑稽，像装了个面具故意来吓唬你。天哪，他真是爱笑！常常莫名其妙地偷笑，还有点害羞呐！我坐在旁边，觉得逗极了。

不一会儿，我们便出了景洪城。西双版纳的公路修建得十分气派，沿途不时看见一条浑黄的水流，时而裸露在平原之上，时而掩映在蕉林之中。一问才知这便是大名鼎鼎的流沙河，澜沧江在版纳版图上最重要的一条支流。《葫芦信》的电影说的便是这里。《葫芦信》是我小时候最中意的电影之一。父亲工作的电影院里多余的海报，大部分都用来包书，唯有它是舍不得的，平展开来压在书桌的玻璃板下。画面上有美丽的傣族少男少女，我常在台灯下随着他们美丽而浪漫的故事思绪翩飞。时易事迁，今天的傣寨，手机网络满天飞，青年男女早已用不着借漂流的葫芦来传达爱意。这水，竟也浊了。

聊天中，疤面司机听说我想探访澜沧江，急得快从驾驶座上跳起来：搞么子搞！澜沧县城离澜沧江80公里嘞！

“那茶马古道呢？有条将普洱茶运往西藏翻过喜马拉雅去印度到欧洲的茶马古道，难道不正是要经过那里吗？”我问。

▼如果斗争是男人获取世界的方式，那么挑起并平息争斗，是否是女人获取世界的方式？

这句问话实在太长，他愣着看了我一眼，说：“你要是想看普洱茶，就到惠民乡下车。乡邮电局门口的榕树下，多的是车去景迈，那里有千年万亩的古茶园嘛。这两年这块儿地方死了几颗儿有名的茶树王。那截儿天生得好，也没被开发，想看多得有，澜沧江正好从那截儿流过的嘛。”MY GOD，太棒了！

“就你一个人啰？”他直愣愣地又看了我一眼。我点点头。

“你到惠民就五点多了，没车上山去景迈啰，你么子办喽？”

“会有顺风车吗？”我问。

“顺风车？去山里头？就你一个！？”他显得很气愤，“你晓不晓得现在傣族有几多小二流子，他们卖茶发了，胆子也发得狠嘛，乡里镇上的收保护费，你还真就一个人？！”

他逼问之下，我倒有点心慌。“可，可是，我去过傣寨，他们人很好啊。”我有些底气不足，翻看我在景哈村拍的照片，经他一说，那些斗鸡场上的一群围观的男人们，还真是有些阴沉呢。不过，古茶山下的澜沧江，这……的确很吸引人。

“这么办，你干脆到勐海下车，看下傣族生态园，不够再去勐连玩玩，独树成林，中缅边界，离景洪才一两个小时。车又多，路又好，热闹得狠，包你安全。”

我寻磨着司机给安排的线路，一股“革命英雄主义”的情结涌上心头，生死有命，富贵在天……冲啦！

车行一个多小时，过勐遮，我们开始盘山了。又走了近两个小时，山路颠簸起来。一路上，山道狭窄，浓荫夹道，光影斑驳，偶尔有长得欢快的枝叶，“唰”地掠过车顶。迎面有车飞驰而过，像从车身正中劈开继而合拢。我感觉自己在时光隧道中下坠，魔幻而惊险，吓得不再敢向司机问东问西。

▼他们用植物的树脂在脸上涂画意味深长的的神符，然后『咻』的一下失去了踪影……

下午6点，正是下班与晚饭时间，惠民乡的街口却十分空寂。我的疤面司机无奈地扬尘而去。我一人下车，在老榕树下环顾四周，开始无比想念同车的人们。确定最后一班去景迈的车已发走后，我索性不急了。小卖部里睡眼惺忪的老板娘扬了扬头，我就顺着那个方向，找到了一个惨不忍睹的厕所，压根儿没下脚的地方。穿过一条长约五百米的残破集市。集市中间是一个个用烂木板搭在水泥桩上的铺面，没有顶棚，光秃秃的，不见货品也不见人。两边有几家卖五金和家具的铺子，门大开着，却没有一人！太阳早已照不进这山坳子，阴风阵阵。《神探狄仁杰》里，地下暗藏蛇窟的小镇，机关处处，正是此般景象。虽然那个家具店最外面摆着的傣式凳子和木箱篮，式样瞧着眼馋，我还是急步走脱。

回到榕树下，才发觉自己刚才带着招牌笑容出去走了一圈，绷得没收住，此时脸已僵硬。眼看着光线一点点移走，我在榕树下走来走去，东张西望。路上别说车，连个人影也没有。老树下有爷孙仨要去景洪，一问才知他们等了5个多小时，开过去几辆车都没有座位——在这个地区，是严禁超载的，严格得毫无商量。若是在内地，司机准会在走道中间再变出一溜位子，距离交通检查几百米时，让所有没位子的人下车步行，集体“通关”后再上车。

“要是等不到呢？”

“那就走回去嘛。”

爷爷反倒觉得我的问话很奇怪。当你习惯了人们目标明确、不择手段、争先恐后地向前向前，你定如我一般惊诧于这里的人们，慢慢悠悠、逆来顺受地生活，你在他们脸上，永远读不到都市人脸上的狂躁与缺失。

南风吹南国

南来的风，漫温温地吹啊吹。

如果没有分别，这个世界是不是会少许多滋味？此刻，万水千山之外，有怎样的故事正在上演？我在大榕树下无可奈何，没由来地想七想八。

摩托！一队摩托顺着风飞驰而过。我已经不指望有别的车可以搭乘。顺个摩托也好，我想。可过去的都是男人，或者男人带着另一个男人，没有一个女人。想来景迈寨子里的女人，都勤持家务，不兴瞎跑乱逛的。近乎绝望之际，小卖部门口的两辆摩托启动了。其中两个是小卖部门口的男子，精黑发亮。当时他们一个吸着粗长的水烟筒，一个长发微卷冷眼相向，我没太敢正视。现在他们又多出了两人，有一个女孩！我求他们载我上山，男孩子微露难色，便答应了——他们骑的都是轻便小摩托，一车两人，幸亏版纳土著绝少有胖子，我也还算瘦，才能勉强腾出点空间。后来他们告诉我，我一下汽车，他们就看见我对他们笑了。

他们是山顶上的哈尼族人，过了千年万亩古茶基地附近的景迈村，回家还有30里山路。“那是傣族人的，”载我的长发少年说。

“你喜欢傣族人吗？”[1]

“没什么，早就是这样。”

“哈尼族和傣族打架吗？”

“也打。”

“你们自己种茶吗？”

“也种。”

“谁的茶好？”

“差不多，新茶价格都一样，不过我们山高雾多太阳好，更好喝。最好的是老茶王茶，他们多，我们少。”

“你们自己到乡里去卖吗？”

“我们村有人收，卖给傣族，傣族卖到澜沧，澜沧再卖到思茅。”

“想过自己卖吗？”

“你说什么？”

“那你们和傣族人通婚吗？”

1 古代，屈服于傣人的权威，这块土地上的哈尼族、布朗族、苗族等部族被迫迁至深山老林，住的越高越深的民族越弱势，至今仍然如此。

收获笑容，
便是旅行的意义。

“布朗、哈尼、傣、拉祜人都有与汉人结婚的，但很少有少数民族相互结婚的，更没有和傣族人结婚。小改是拉祜族，我们在景迈村子里打工认识，准备三月份结婚了。这在我们寨子里是第一个，在他们寨子里也是第一个。”

“为什么叫小改呢？”

“他们寨子里蛇年出生的女孩，不叫别的名字，也没有姓，就叫小改。”

“哦，小改还没出阁，住你家吗？”

“是啊，她来我家一年多了，我们这里都是先住在一起再结婚。”

“那要是住了，不想结呢？”

“那就再找。”

“会不会在乡亲面前抬不起头来？有没有人到处找人住，就是不结婚。”

“不会抬不起头。一回两回没问题，可到了第三个、第四个就不会再有人跟他了，一般人都像我一样，一次性成功。”

“呵呵，看来自然形成的社会法则也有自己的量与度啊。”

“什么？”

男孩宗新平憋出来的普通话不是很利索。说着说着，我们已顺着坡上的土路翻进了深山。漫山遍野的茶树梯田，层层叠叠，规整有序。偶尔有几颗繁茂的梨树桃树，在绿野上热烈地开着红花白花。用旧布衣做的稻草人，不时出现，与这里的民族服装一样，花枝招展。又过了一会儿，我们到了一个修得十分可笑的石亭子，旁边竖着一块牌匾，上书繁体“千年万亩古茶园志”。

介绍上说，这里是南国少有的高山区，平均海拔在1400米左右，气候温湿，特别适合茶树生长。追溯这个地区的驯茶历史，已有一千多年，有一万多亩成林成片的茶树可供采摘，还有一万多亩，散生在原始森林中，与一百多种野生的植物药草混长，因此，尤其名贵。早在傣历600年(1139年)，景迈便出现了茶叶交易市场“嘎轰”，是普洱茶最好的产地之一。这里的茶历代用来献贡。1950年，布朗族末代头人把这里著名的“小雀嘴尖茶”献给了毛主席。

这里的茶树最年轻也有二三百岁，最矮的也比新茶高出一大截，很是密集，但不齐整。茶花开了，暗香浮动。那个抽水烟的小伙子小名叫药茶，摘了一个又黑又干的骨朵儿给我说：这是茶果子，好像可以榨油。又笑着说：我们这里没人会榨它。越往上爬，茶树长得越高。及至山顶，极目远眺，茶林一望无际。药茶他们要帮我去找茶树王，他们都听说过有不止一棵，均是合围的枝干，好几人高的千年茶精。找了一圈未果，大家都十分沮丧。

“这都是傣族人的，”宗新平显得有些懊恼，“我们不熟，平时我们从不上来。”我玩笑道：“是啊。今天我不去景迈村住了，就去你们家，这儿的茶王也不要看了，看你们家的茶王去。”他们立刻很高兴，说：“你能来太好了，我们不收钱。”小改有些脸红，担心地看我一眼随后闪开，“就怕你睡不惯。”

天色明显暗沉下来，摩托加足马力，绕过一座又一座齐整的茶山。晚风拂面，带着清爽的茶香。经过景迈村时，他们特意停下，问我要不要参观。那村庄大约很富裕，当街的人家都修着两层砖石的小楼，仍是傣式干栏式样。我注意到有一家茶厂，一间旅馆，“都是村长家的”，哈尼族兄弟告诉我。

到得哈尼村子，天已经完全黑了。宗家门口便有棵茶王树，比二层木楼还高，估计有六七百岁以上。宗家是个大家庭，四世同堂。奶奶的病床在堂屋的火塘边，是全家最暖和的地方。爷爷睡在火塘另一边，多年如一日侍候中风的奶奶吃喝拉撒。大哥在广东当过兵，是村子里少有的看过世界的文化人(念过初中)，已分家出去。载我的小宗，是老三，即将成家。目前二哥二嫂是当家人，父母亲亦由他们安排劳作。再加上孤儿表亲药茶，全家近三十亩茶园，一年收四季，每季亩产两百多斤，收入亦由当家人分配。

我是稀客，因此晚饭十分隆重。江鱼嫩如膏玉，自泡酸菜风味别具，他们还特地烧了狗肉款待我。但听我说不吃狗肉，又大赞鱼肉鲜美，所有的人便都不再向那盘鱼下筷子了。村里家家都安装有锅盖式天线，三百多元一个，可以接收到上百个频道，其中的几个韩、日、英语频道，我都没见过。这里虽然荒僻，但从信息获取上，甚至优于内地。只是，当地人既不看，也不听。他们的父母辈儿也只能听懂普通话，不会说，更不会设想外面的花花世界与自己有什么关系。他们爱看卫视台的农村片,《东北一家人》也很受欢迎。

宗家播放去年县里汇演的VCD给我看，药茶也在里面表演舞蹈。哈尼族的舞蹈，并没有太多复杂的高难度动作，但非常讲究整体的协调性，主要以农作物生产与山中鸟兽为主要叙述和模拟对象。药茶始终在躲镜头，我笑他比大姑娘还怕羞。他信誓旦旦地告诉我，以后绝不会了。晚饭后，陆续有村民和亲戚到宗家来看“北京人”，一拨又一拨，却几乎没人跟我说话，只是笑。胆大的年轻人问我每个月赚多少钱，吃饭多少钱，结婚没有，北京好不好玩，开销大不大，等等。宗家的姨妈，是个讲漂亮的老太太，特意着节日盛装来串门。哈尼人的服装，是一生之衣，从出生开始准备，结婚初试，老死入土，庄重而喜庆。哈尼人的床上用品，亦是一生之被，好心的小改将她新婚用的床单被套褥子里里外外全换上给我盖！我感动得不知如何是好，将刚在香港买的

80 SPF高倍防晒霜送给她。她不推让，只不停向我道谢，欢天喜地地涂抹去了。

早上六点半钟，寒意逼人，天色灰蓝，村寨还未苏醒，只有布谷鸟婉转鸣叫，早起的狗儿有一搭没一搭地游荡。新平带我去看澜沧江。摩托翻越了两座高山，我们迎着东方，顺势往山下滑。清晨的风，伴着水气，洒在脸上，舔一舔，是甜甜淡淡的水果味道。天际的红晕，越来越深，越来越亮。连绵的两座群山，形成了幽深的峡谷，云雾缭绕。远山与天相接，恍若仙境。刹那间，红日跃上山尖，光芒普世，有如佛浴，我内心升腾起巨大而莫名的感谢，想念世俗而神圣，真真切切。谷底的江水，碧蓝如洗。对江面北，似乎没有人烟，也不见人工梯田，两岸都生长着原始而粗壮的思茅竹，晨露清新晶莹，在田间枝头滴答坠落。

自然，这到底是个什么样的词汇？你说呢？你也许走过世界上许多地方，你说人要在怎样纯真的环境之中，在怎样安谧的氛围里，超出什么样的理念与信仰，获得什么样的缘分，才能纯粹地理解与感受生生不息的自然。自然，这到底是什么样的两个字符，它如此神秘如此亲近，你可待它如神如佛，如母如子，如兄如妹，你置身其中，呼吸滋养，竟与它融为一体了。

早饭后，一家人换上了节日盛装，我像个老道的照相师傅，开始给全家人拍照。哈尼族人爱美，连头发鞋子也要重新打扮一番。他们乐呵呵地听凭我为他们摆弄出各种姿势，隔壁与亲邻也换装赶来，整个寨子热闹极了。客人的离去，宣告劳作即将开始。采茶、煎茶、晒茶、晾茶、手工制作茶饼、卖茶，除了爷爷奶奶，大家各司其职，井然有序。新的一天开始了。

新的一天，又是从分离开始的。

事无常

新的一天，是从分离开始的。

新平送我下山，一路无话——大家都不知道说什么。山脚下有座石桥，水流激荡，知道我为水而来，新平便停下车，默默地等我拍照。县城来的两辆长途班车停在路边，乘客在老榕树对面的小饭馆里吃中饭，大人孩子几十个，竟安静得诡异。这街口没有任何变化，老榕树下的爷仨仍在等待。他们今天显然又错过了好几趟班车，这两辆车也都客满。我似乎又被提溜到了头天下午——就连新平也还在小卖部门口，只是现在我们已经成为了朋友。我心里踏实了一些，想要与两辆车的司机交涉，他们却理也不理，拂袖而去。见鬼！这个小镇难道是个消音场吗！我是下午六点前要赶到景洪的，泰国签证已迟到了太久，今天必须拿到。否则之前制定的计划又将破产。

此刻的我毫无办法，心慌气闷，站在车前，不说话，瞪着司

机——这辆车车门边空着一个小小的加座。司机无奈地笑了，新平也笑了，我们在笑声中挥手告别，仍是没有一句话。

约两三个小时后，我们被堵在了山里。前面大约停了十几辆汽车，据说已经等了一个小时以上。山路上出了车祸，丢掉了两条人命。摩托被大公共撞变了形。两个男人躺在地上，衣服还很齐整，头被一打报纸盖住。地上血迹不明显，鞋子和安全帽撞飞四处。

有多少人，可以在全部准备得妥当之后，静待死亡降临？我所经历过的生离死别，随着年纪的增长越来越多。或老、或病，族中的长辈相继离世，都是毫无先兆的。只有一位很亲爱的姐姐，自缢不成又割脉，她要死得绝决。但我总觉得即便在死的那一刻，她仍怀有对生的眷顾——她连死期的选定，都是因为那个日期吉利，可以使那个让她放弃了生命的男人财源广济。

“长的是磨难，短的是人生”。仅仅一个死亡目击者的身份，是不是有足够的资格对生和死的意义进行点评？无论如何，我们活着，就要磨下去。

交警和死者亲属相继赶到了，一个浓艳衣装的傣族女人想扑上尸身，但很快晕了过去，被警察拉开。另一些女人、小孩蹲在路边哭泣。

又过了近一个小时，车群没有任何可以开动的迹象。满山的人，只有我一个在干着急。我们那儿有半车人干脆睡上了午觉。

想赶上这周去泰国的船，必须按计划到达景洪(人生可不可以没有那么多计划)。我唯一的办法是找辆摩托，一两个小时后到勐遮，再乘车去勐海，再换一次才能到。折腾啊！可是，这种情形之下，有哪辆摩托肯随便载人呢？我步行穿过对面被阻滞的车龙，独自走上了公路。

此时摩托司机是男是女不重要了，我需要离开！好在天无绝人之路，有一辆车被我硬截了下来！听我说明情况后，小伙子愿意载我一程。小张跟随父母来西双版纳七年了，在勐遮的某个镇子上做家具生意。他说，比起老家四川宜宾，这块土地富庶肥沃，丢粒草籽亦结瓜，少数民族人也爽直，脑筋里的弯弯儿没汉族人多，因此生意还蛮好做。整个勐遮的家具生意，都是宜宾人的天下。

小张绕路送我到车站，坚持看我上了去勐海的车，硬是把我给的钱塞还。想想在哈尼村，也是这样推来推去半天。当时我还生气了，我坚持给新平和小改新婚礼金，还说当我是朋友就必须收下。结果收是收了，却送我了茶饼、手工布包以及植物链子，就连挂着的鱼篓，我只赞了声好看，便取下来硬送给了我。

在汽车上，我收到金三角船务公司的小杨发来的短信。签证终于办妥了，可事情发生了新的变故：澜沧江的水流量骤减，明天，或者未来的两三天都必须停船！世事无常，谁说不是呢。急也无用，我试着让自己冷静下来。回想一早我在思茅地区所见到的江水，以及伴随了半程的支流流沙河，虽不似雨季凶猛，但水流均十分湍急，并无干涸之像，怎么突然到了景洪以下江面，就出了妖娥子？！

像我这种“记者”特质的人，只要把我扔进一个“事件”，前一秒钟还溺于感伤的“小布尔乔亚”瞬息无踪影。记得两天前，我曾因为好奇“景洪电站”的修建，在哨卡外被两个从市公安局抽调的警务人员坚决禁止入内。除了电站附近的居民，一定要市电力部门与公安部门的双重盖章通行证，才能放行。航路的干涸，我怀疑与电站蓄水相关。

急急到得旅行公司，小杨正愁眉苦脸地应付团队游客。他告诉我，昨天下午他们公司还开船陪同上级领导考察澜沧江的旅游条件，行船并无异像。今天早上才接到海事局的通知，说明天流量与流速预测达不到航行要求，他们丢了近百个客人，赔都赔死了。很快，我打通了西双版纳海事局局长的电话，询问近一周内的流量与流速变化，并请教原因。海事局局长很谨慎，告诉我，关于原因，航务局才懂，他们只管数量指标是否合乎安全。

我把电话打到昆明。云南省航务局杨局长人很热情，言谈很学究，也很官方。在电话中与我足讲了半个多钟头。他告诉我澜沧江的自然条件为世人惊叹，在我国境内，她的落差是整个澜沧江—湄公河落差的91%，是我国单位开发成本最低的“水电富矿”，开发利用是必然的。而且有效地开发能为丰水季节与枯水季节的电量水量平衡与调节起到积极作用。不过，其开发速度及其配套工作都需要慎之又慎，前两年小湾电站开发建立引起国际舆论喧哗。虽然小湾项目政府便启动了1.25亿的环保基金，但这个区域的生态环境、移民安置以及随后产生的国际政治问题等等都让人十分忧虑。国家各个层面的专家学者以及相关部门领导对澜沧江生态十分关注，多次考察，但收效并不显著。

“这是不是意味着一切得给经济发展让路。”我问（一遇到国计民生，我就整得像焦点访谈）。

“国家的梯次开发计划是在这条江上建立七座电站，使总发电量达到740亿千瓦时以上，这个开发与国营的华能公司相关，建议你去访问他们的相关人员吧。”杨局长说。

当晚，我只设法打通了离景洪最近的漫湾电站雷科长的电话，他咬定近日电站并无蓄水行为，澜沧江流量骤减完全是因为上游干旱导致。

▼你说人要在怎样纯真的环境之中，在怎样安谧的氛围里，超出什么样的理念与信仰，获得什么样的缘分，才能纯粹地理解与感受生生不息的自然。

事已至此，能找的都找到了。答案？我总是如此执著的答案，可是真正的答案在哪里？期望能印在每个人的心里。“人法地，地法天，天法道，道法自然。”我信天道自在人心，我为大河两岸祈祷。

泰国 缅甸

我试着，想要把怀中的虚空抛给秀美的神佛，期望满怀爱意从心爱的人那里得到解脱。这并不是一件容易的事。

不急，不急。这小而美的城，可容你尽情停留。

何日君再来

“嘿，要很费劲儿才能使这封信看上去不那么悲惨。中国至金三角的湄公河段在未来几天都不会有行船。大批的泰国旅游团队将曼航的机票一抢而空。我在售票点等了一天，还哭了鼻子，终于等到一张退票。终于，下一站，清迈。”

景洪网吧嘈杂的RAP节奏和电脑游戏声中，我点下“发送”。经过那么多次反复的推敲，谁曾想这才是最终的版本？

人与事，目的地，不是想象便可以明白，不是计划便能够达到的。我早明白的，但真正要顺应它，却是一件困难的事。几天来，一个人应付着诸多毫无预期的变故，便常常想起这两三年间自己的生活轨迹。事务与情感，是一个巨大的迷宫，兜兜转转，没有片刻停息。现在，我想念着景迈村子里可爱的乡民，似乎有一点明白：生命难得有奇遇，一次次的意外，错过了许多既定的风景，却同样遇到许多不可思议的相逢。

我在景洪的裁缝铺里学做布艺，打发焦急无望的时光。那铺子里铺天盖地贴满泰国流行的各种式样，料子也是泰国进口的，比较昂贵。版纳女子都喜欢手工定制衣服，制服式的国际国内品牌并没有蒙上傣族姑娘爱美的眼睛。快到泼水节了，铺子里热闹极了，她们和师傅讨论着新的面料和款式，以一种仪式般的心情和神态，盼望着一件新衣服的诞生，为自己在节日里增色。我做了套纯白色的星月暗印花传统式样的傣衣裙，顿时心情大好。静候生命的安排，把握当下的快乐，这是多么伟大的本领。瞧，我已经在学习了。

坐摩的8元从景洪港奔向机场。景洪大桥的铁链子一道一道地往后退，在这条江上，我经历了一出轮回。与什么人相遇，与什么事相遇，与什么心情相遇，都在这徘徊多次的笨桥上，像句楔语，打开了阿里巴巴的层层大门。不过，仍会怕。摩的哥哥经过一个据说在历史上以出御厨闻名的傣寨，它如今被“修理”成旅游团队体验“真正的傣味”的去处。七弯八拐的小路，奇怪幽深，我心里直犯“嘀噔”。

还好，有惊无险，终于通关。身材曼妙的曼航空姐提着水果篮从身边飘过。清迈号称是泰国最出美人的地方，真是名不虚传。下午四点，版纳一天中最热的时分，不远处响着安检仪“答答”的声音，有五六个泰国团队游客仍在等待也许会出现的空位。有三位运气不错，在全团欢呼声中走进了候机厅。午后阳光强烈，恍惚中觉得像是北京的一个周末。我的小蓝房间被暖气烤得热哄哄的，太阳也正如此将我的几案、被单、花儿和草儿照得晃眼。我觉得安全极了。我要感谢这诸多周折使我与这个世间结下的缘分。曾经，我很想在清迈湄平酒店的大堂点杯咖啡，听一首邓丽君的老歌，感受她所喜欢和熟悉的氛围。我曾遗憾原计划中自己不得不略过清迈，现在，我却不得已地如愿以偿了。

▼ 1995年1月1日的邓丽君。
我的影子，正映在玻璃上，与
她美丽的面孔重叠成一个，像
隔着时空重逢。

清迈的发音（jinmai）与我去过的“景迈”完全一样。这正如中国和缅甸都有个景栋，后者曾经是掸邦人的故都；“勐腊”这个地名，一个在中老边界，一个在中缅边界；至于泼水节，傣人与泰国人都叫“宋干”节。有一位同机的和尚，是和我一样只有缅甸签证而没能被放行出境的中缅边民。随行的泰国僧友，其实是他的亲戚。他们说，在金三角的湄公河流域，一个民族的语言文化、生活习惯、宗教信仰大多相似相通，很容易交流。像苗族、彝族、佬族、哈尼族、拉祜族等部落，在这个流域的各个国家的高山地带都有分布。也许略带方言，但相互交谈都能听懂。大家平时相互来往走动，沾亲带故，是很自然的。因此，他们行前根本没想过他们也需要签证。

航机上的清迈旅行手册说，清迈传统的万花节（也叫女儿节）刚过，照片上的花皇后坐在彩灯凤骑之上，置身万花丛中，非常迷人。那应该是美好而壮观的场面，不过，我对骑象探险、泰式按摩、人妖表演这种常规泰国旅行项目没什么兴趣。我向往的是清迈街市，那也是邓丽君所钟爱。邓丽君对清迈一见钟情，从1994年初第一次来到这里，她每年都会来此小住几次，直到1995年5月8日在此香魂飞逝。闭上眼睛，很难想象，比曼谷小20倍的清迈（至少小北京50倍吧），却拥有和曼谷一样多的三百佛寺，家家门前供神烧香，那会是一个什么样的小山城？

清迈比想象中的更加可人。泰国人的微笑比旅行书中的更加真切。拉着行李在家庭旅社集中的Th Moon Muang找旅馆，但很快就忘了自己是来干嘛的。每一家的装饰风格都令我彻底着迷！英式清新田园、美式轻松随意、法式烛光浪漫以及青年旅舍简朴有趣的涂鸦。我想，我要入住的真正泰式人家，一定是最虔诚的佛教徒，一定有最精心装点的灵屋。

拉着行李在家庭旅社集中的Th Moon Muang找旅馆。

在清迈的街市上游荡，“灵屋[1]”会带来关于生命的感动，原来，有这样的一个城市，这里的每一个家庭、每一个人，富贵也好，贫困也罢，都是这样诚心诚意地在过日子！他们对生活的热情，会让你感觉到，就算是一无所有，活着就很足够，很美好。

清迈家家有灵屋，一般是由一米左右小树粗细的石柱或木柱支撑的兰那风格的佛堂庙宇，小小巧巧，像邮筒一样修筑在家门口。堂中供奉佛像，巴掌大而已，但雕工毫不懈怠。同信一个佛祖，难得清迈人创作出各式各样的表情动作。庙檐下摆放着不同的偶人动物，应是众生归依的意味。其形象神态更是变化多端，几乎没有重样儿的。他们（包括动物）一律削脸深目，是典型的泰国面孔。对神的供奉，激发出人们更为丰富的艺术想象。香炉的颜色和样式，已够让人眼花缭乱的，那些红、黄、白、紫各色花串和蕉叶黄花尖塔銮，则更为复杂。即便再简陋的灵屋，只是从一面墙上抠下几块红砖，也并不是那么随便和轻易，放置神仙的空间颇为讲究，也一定会用清洁的矿泉水瓶子插上几朵红月季或黄菊花。那水定是每日更换，不然不会能闻出新鲜的香味儿来。

从人们极尽心思与华彩的装饰可以明显看出，“灵屋”应该不仅是一件信仰的装置，它还被人们视为“脸面”，包含主人家的传统、教

1 「灵屋」是南传上座部佛教信众日常的用具与饰物，无论是居家庙宇还是商铺饭店，人们都用它来供奉当地的神明或者「好兄弟」（有点像我们的土地公），以求得平安兴旺。在版纳的村寨里，它还并不常见，在后来经历的柬、老两国就比较普遍一些。在泰国，「灵屋」是每个家庭的必备之物，你甚至找不到一个相同的「灵屋」。而中、柬、老的「灵屋」样式往往雷同简单，搭在一根半人高柱脚上的小佛龛，像邮箱一样立在家门口。

▼在清迈的街市上游荡，“灵屋”会带来关于生命的感动，原来，有这样的一个城市，这里的每一个家庭、每一个人，富贵也好，贫困也罢，都是这样诚心诚意地在过日子！

▼每天都是这样开始的——与化缘的僧人相遇。

▼ Tis better to have loved and lost than never to have loved at all.

养、身份、财力、权力、审美趣味和生活态度在内的一切社会意旨。有一家人，门脸小小的，将灵屋立在水缸中央，水中种着纤小的荷叶睡莲。待看那些植物细密有致地摆在周围，挂在廊前，却并不修剪，深深浅浅恣意地绿色，便不得不佩服主人的品位。有位泰国妈妈正趴着擦地，看我新奇的样子，邀我进房一看。从未见过中式家具能够在一个小空间摆出如此味道！柚木吧台、酒柜、美人塌，本是暗沉的颜色，却因为金黄的丝绸塌面和几盏简洁的白纸地灯，提亮了整个房间，制造出良好的空间感。那所淡绿色的小房子，仍是柚木的地板，黑色的雕花铁架子床，垂地的白纱缦蚊帐，白色暗花床品，白色窗帘上有几乎看不见的小粉花朵，藤箱笼，老式铁电扇。公用洗手间里有一面古香古色的柚木边框椭圆镜，雕刻着飞天神女。这样的单间，一天180B，人民币不到30块！我不断惊赞，泰国妈妈笑着说：我的孩子，明天有空房先给你留着。我有些怅然地离开了。

湄平酒店（The Jmperial Mae Ping Hotel）是邓丽君最喜欢的酒店，1502房间，不知那里是不是长年开着白色小花。定下住处，我迫不及待叫了辆TUTU车，顺着清迈护城河湄平河TUTU而去。

去湄平酒店路过的一片街区，有许多家饰店，不仅有最好的原材料：藤、竹、檀、柚木，更融入了现代的工艺与设计（这几年泰国的自然设计理念在国际上可是声誉日起），光是摸着那鲜活的纹路就让人怦然心动，是它们构成了普通清迈人的生活元素与生活空间。如果不是时间紧急，我还要逛遍这一区的服装店，许多是泰国设计师的独立店，民族特点只流露在细节之中，剪裁简洁，使用极其柔软的棉布，脆而不涩的泰丝，是我所喜欢的。看到一件背心，粉扑扑的颜色印在柔软的棉麻布上，空灵轻透；觉得可爱，请人拿下来看，发现那个小小标鉴很复杂地用英文写着：

Tis better to have loved and lost than never to have loved at all.

（只要爱过，即使失去，也比没有爱过更好。）

微笑着，眼睑却已潮热，当即决定买了下来。不知道这样美好的小物件，当年是否也存在，搏得美人一笑。

美人的酒店与一般五星饭店并无多大异处，外表并不张扬，一股东南亚风情似淡亦浓，原木原藤，植物繁盛，有空谷幽兰（兰花是泰国的国花，清迈的盛产，这里尤多）的气息。酒店的当班主管听明来意，并不意外，告知1502房的客人还有两三个小时退房，到时再去凭吊不妨。湄平宾馆对面有家小铺，并不起眼，专售可乐鸡粉。叫了一碗，幼滑爽口。据老板说，邓丽君高兴时能吃上三四碗呢。墙上裱着邓丽君赠送与店老板的磁带封套以及与男友保罗的共同签名。落款时间是1995年1月1日。那一天是我的生日，正在上高二，生日礼物之中，有一盘《甜蜜蜜》的卡带，至今不知道是谁所赠。那一天的邓丽君，想必与我一样快乐吧。此刻的小饭馆，有着夏日午后特别的寂静与阴凉。斯人已已，香魂何处。想她四十二年风华绝代，唯爱情多感伤悲切，心中一阵凄惶。起身想拍一张邓丽君的签名留念，我的影子，正映在玻璃上，与她美丽的面孔重叠成一个，像隔着时空重逢。

当我再次置身Khampangdin Road，这条她多次来回走过的小街，像走进一个失掉的时光。对面穿民族服装的阿卡族妇女摆着花花绿绿的绣片叫卖，我却在一个不真实的世界里，站到她情感的原点。她爱上又离开了一个粗野的男人，她爱上又离开了一个胆小的男人，她和一个孩子一样的男人共同生活，最后，她还是先离开，永远离开。

“Good-bye My love，我的爱人，再见！ Good-bye My love，从此和你分离。我会永远永远，爱你在心里，希望你不要把我忘记……”

“也许我们还会有见面的一天，不是吗？”

▼少女的舞蹈教室就在寺庙边上。寺庙是东南亚少年第一个课堂。

暮鼓晨钟

湄公河上，人们普遍信仰南传上座部佛教，即所谓的小乘佛教。几乎每一个村庄，在风水最好的地方，都修建有庙宇；每一座庙宇的和尚，都由整个村子的人供养；每一天清晨，穿桔色僧袍的僧众，敲打着木鱼，绕村过户、大街小巷地接受周边民众的布施；每个商铺每天开门的第一件事情，便是布施游走的僧众；每一个家族，都必须有一个人出家修行，以保佑全家平安；每一个新生儿的出世，家中都举行盛大的祭礼；每一位少年，都会到庙里当一段时间和尚，接受他们人生中的第一堂课，取得做人的资格；每一段婚姻，都必须经过繁复的拜神仪式，才能真正得到祝福……可以说，从每个人来到人世间的第一秒钟开始，从每个人每天清晨要做的第一件事情开始，日常的行为、规范就与神佛紧密地联系在了一起。

可是如果你让我说，哪里是感受这氛围最好的地点，那一定是清迈的佛寺。

这座面积不超过北京朝阳区三分之一的小城，拥有三百佛寺，可谓世界上佛寺最密集的地方。无论新城旧城，每转过一个街角，不见佛祖拈花微笑，便闻寺内诵经声声。置身清迈就是置身佛海，由不得你愿意不愿意。

如果你再有时间听听我，我想说，这句话，对，也不对。清迈的妙，不仅妙在佛寺，尤其妙在佛海中人，佛祖、佛僧、佛众——是的，我并没有弄错，清迈的佛祖，是更近乎于人的。与其说这三百座精美的兰纳式建筑，是佛祖栖身的殿堂，毋宁说是一个广阔的、多功能的社交场所：几乎每一个十岁左右的小男孩第一次离开父母，都会来这里接受人生最重要的一课，结识人生中最重要的兄弟和师长；多有十来岁的女孩子，在规模较大的庙门后面的小广场，学习传统的泰北民族舞蹈或是随着大人在那里贩卖椰子、点心以及疑似来自浙江义乌的钥匙链手机袋之类的杂货；在碰到烦恼的时候，男人和女人都会来到佛前默默祝祷或是请求僧人的开解；妇女们、更多是退休的老妇人天一亮就进庙布施，伴随着晨钟声准备斋饭，从家常和诵经中开始她们新的一天；男人们在暮色中聚集在每座寺庙西侧的鼓前，击起震憾天地的鼓点，告示夜幕的降临……

在清迈的每一天，我都伴晨钟出门，听暮鼓而归。天刚亮的时候，清迈古城的马路上除了早起的鸽子和狗儿，也可能还睡着几个宿醉的欧美青年。沿着一丛丛爬墙虎、绿萝、牵牛花或是紫藤的蓠芭，走过几户栅栏上用丝线串起艾草的人家，偶尔经过有着精致的草坪、门口停辆蒙着雨布的小轿车的富有之家。再抬抬头，恰是小巷的日出。天是红咖哩汤一样稠的基调，纵横交错的电线把嫩柠檬般的太阳切成一块一块的。呵呵，原来是有些饿了。泰北烤肠特有的香适时飘来，还混合着可可粉和炸油圈又甜又浓的味道。早点摊和食铺开始忙碌起来，街上的人和车也越来越多，奔走的影子在镜子般明亮的青砖或是水泥路上唰唰而过。

清迈很多寺庙都是以一棵大树为中心，再要么是一座佛塔。塔身多由砖砌成，有的外面抹上灰泥并上色，年代久远的，破损的就露出砖来，没了光鲜，却一下就将人吸入几百年前兰那王朝的身影中去。帕辛寺寺中央那座著名的佛塔，因为有一圈巨大的神象守护而知名。象群早已经斑斑驳驳，甚至面貌全非，但仍不失威武雄壮。这座有着八百年历史的古老寺庙，除此之外还有两件奇世珍宝，其一是那座著名的藏经阁及里面流光溢彩的壁画，恰似一颗秀美的朱砂痣，印在佛祖额心。另外便是一尊巨大的卧佛。我怀疑那是模拟哪个极其俊秀甚至性感的男子雕刻而成的，那个或是那些工匠对佛祖或是模特一定有什么我们无法揣测的情感。卧佛的眼睛、嘴唇以及微笑，既有摄人心魂的魔法，又有定人心神的力量。整体而言，东南亚的神佛，无论是雕刻所呈现的秀雅模样，还是人们与之对话的方式，都让人闻到一阵人间的情义与烟火。清迈帕辛寺的早课上，小“昆布”们(预备和尚)整整齐齐打坐，跟随老和尚学经文，也不妨碍与在中间窜来窜去的狗儿玩耍。 我猜想由于这个寺庙的重要地位，进这个庙中修行的小男孩一定要经过严格的选拔，所以这里的小沙弥也格外俊逸。尤其当他们在僧衣外缠上一圈金黄色的腰带，更显得十分玲珑。他们的父母一定很为儿子们骄傲吧。在帕辛寺的后庭，一对夫妇带着各式各样的点心，来看出家的小儿子。爸爸递过一块点心，心满意足地看儿子吃，妈妈偶尔用手绢擦擦儿子嘴角的碎屑。真好，能够在这个挂满了戒律牌子的小树林中，看到这样充满人间温情的画面。

我早说过，在清迈的佛寺中，是不缺少温情的。THE MOON MUANG附近的一条马路边上有一所寺庙，我不记得也查不到它的名

▼松德寺洁白的塔林纤尘不染。当天边升起启明星，沉沉的皮鼓便敲起来了，鼓点越来越急促，激荡天地。又渐渐变缓，袅袅亭亭，让人不忍离去。

字了。除了那个又高又细窄的精雕红砂岩庙门，它整个高大的殿堂都是由优质的柚木建造，在阳光照射的一面，泛着咖啡色的银光。那个并不宽大的佛殿之内，无上的佛祖、煮饭的锅子、得道的仙人、插着向日葵的净瓶、温着茶的椰壳壶、念经的木鱼、化缘的僧钵、化来的斋饭与用具，以及一个坐在角落里看书的小和尚、一个祈愿的少女和戴着金丝眼镜的年轻僧人的蜡像……在阳光的照耀或阴影之下，安之若素。每一个角落都那么静谧和巴适，盘着腿在此静坐，室外的暑气顿时消散。顺着庙里那两排颇有阵仗的钟群，是一条很妙的林荫小道。浓密的枝头垂挂着灯笼、布幔和灵符。也就是在这条小路上，我碰到了一位刚读完硕士来出家的僧人，他说起这个寺庙的殊胜之处，原来是国王少时出家的庙堂。那个封在玻璃橱子里的文质彬彬的僧侣的雕像，正是少年国王。与泰国公共汽车、商店、旅馆、街头、挂历……里随处可见的国王——一个典型的儒雅绅士细细相比，我更喜欢这个被时间留住的小和尚。

第一抹晚霞来临之前，清迈的天空是一种接近透明的蔚蓝，云彩也是蛋清一样透明的颜色。松德寺洁白的塔林纤尘不染。当天边升起启明星，沉沉的皮鼓便敲起来了，鼓点越来越急促，激荡天地。又渐渐变缓，袅袅亭亭，让人不忍离去。

回家吧。我下定决心，对着自己说。

这里不仅有最美丽的佛

“你要去素可泰[1]，那里有全世界最美丽的佛。”

有一个骑着单车跑遍了世界的德国大叔，曾经非常非常认真地对我说过。

这句话，在去素可泰的路上，就让我坚信不移——一路上，虽然没有下车，但我一次又一次被泰国人对佛的虔诚撼动。

泰国乡间，每个村口处最热闹最大型的卖场，是和供佛的“灵屋”相关的陶土、神像和佛龛，它们在土路上铺陈开来，气势庞大。逼真

1 泰人政权的领袖兰甘亨在素可泰建立了政权，并开创了泰国最光辉的文学艺术宗教时代——至今我们仍能看到这两个王朝丰富的遗产。不到一个世纪风光后，在变幻的政治格局中，兰甘亨的王朝在阿瑜陀耶的铁蹄下灰飞烟灭了。

▼人与事，目的地，不是想象便可以明白，不是计划便能够达到的。我早明白的，但真正要顺应它，却是一件困难的事。

的人物陶俑，雕刻繁复的香炉，精工细作的佛像，各类灵鸟异兽，要么曝晒在日头之下，要么呆在随意搭就的窝棚里，细致与粗陋的对比，真让人难以置信，好似法海一挥手臂，白娘子变出的骄美宅院就会痍为荒地，眼前的一切就会消失。

到达素可泰，已是夜间，来不及拜见最美丽的神佛，却先找到了最适意的“情人”——素可泰的大排档。所有失意的人想要得到的，无非是淋漓尽致的发泄，醍醐灌顶的启发，苦口婆心的规劝，与柔软甜蜜的哄骗，在这里一罗网尽。

这里有世界上最辣之辣椒、最麻之麻椒、最胡之胡椒，马上可以代替有氧运动，让郁闷随汗液一排而尽；再光顾一个米粉摊，在十几种味道强烈奇异的香草的各个阶段的各种不同吃法中选上几种，不要少了薄荷，不要少了曾经对欧洲皇室来说比黄金还贵重的肉豆蔻，涮在汤汤水水里，提神醒脑。进一步，有胆量的，像我，可以尝试一下臭鱼酱、鱼露，全湄公河人的最爱，极具臭豆腐的效果，但与之不同的是，他们吃米粉的时候蘸(对，就是吃不腻的米粉)，吃米饭时蘸，吃点心、吃蔬菜、吃春卷……如果喝水时需要，他们也许也会顺带蘸上一些的——我是到素可泰才爱上它。我还“开发”了一种酸甜水果酱，是用类似捣药罐的容器现做现吃的。素可泰的烤肉别具一格，同样是几根竹签沾上各种佐料后在明火上烤熟，可是这里形状有些奇特，入口的味道也和云南的很不一样，回来看资料，才明白那地方的烤肉是老鼠肉，难怪吃摊上的姑娘对着我这个罕见的外来吃客吃吃直笑。这里水果制作的西米布丁和糯米糕点，则有椰子的味道，入嘴即化，包裹在浓浓的温香软玉之中，再冰冻的心都会融化……

老实说，素可泰新城毫无可圈可点之处，但只要提起沿街的大排档，真是……现在想来也流口水啊。遗憾的是错失了一个煎饼摊，主

▼他们在高高的石座上，俯瞰众生，让人顿觉自己的渺小无助，难以抬头仰视，可是，他们的眼睛会给你最温柔的鼓励，让你亲，想要拥抱他们。

要原因是当地人排着大队，那队太长太长，又忍不住前方震耳欲聋的音乐的诱惑，想要一看究竟。果然，城中的小桥的广场上，一派壮观奇景，一队衣着前卫的女孩载歌载舞直震得我目瞪口呆，这儿的人光鲜起来，真能好看到耀眼。台前台后看了一圈，搞明白这是给政客拉选票的晚会。食色性，人之大欲存焉。政客深谙此道，用“美女”来助选拉票也就不足为奇了。

当然，最重要的是“世界上最美的佛”。

从新城到古城，最“素可泰”的交通工具是大篷车。大篷车车头是裸露着飞轮的柴油机，类似小时候在农村见过的手扶拖拉机，只是多了个方向盘。驾驶室里横七竖八拉着许多不知派什么用场的绳子和电线，油门和刹车显然来自当地的某个作坊，粗糙电焊的脚蹬用得久了，便光滑铮亮的。一条新修不久的大路连接着新老城，大篷车慢吞吞爬行，每几十米就有人招手上下车，骑单车的游客从大篷车旁呼啸而过。

东南亚多树木也多雨水，木头造的民房用不了几代就因为朽烂而被替换。宗教建筑追求永恒，使用了大量的石料，得以保存下来成为古迹的，也就以庙宇神龛居多。素可泰老城也不例外。说是城，但入目的多是佛庙佛塔。年久失修，倒塌荒废了许多年。被外人发现后，视为瑰宝，成了世界级别的文化遗产，才得到一些相应的保护。尽管如此，毁损和修复的痕迹依然比比皆是。原来的建筑中大量使用火山岩切成的方砖，风化得非常严重，许多地方嵌进了近代的红砖以作替代。

三塔寺是这里印度教和佛教交替统治的产物，佛塔的石刻装饰上不时露出印度教的符号，加上青苔，加上塔缝里飞出的鸽子，融合得天衣无缝。昔日的屋顶早已坍塌殆尽，倒塌的廊柱用补砖加固后重新

矗立起来，站在参天石柱群的阴影里，想象这些神庙全盛时的气势。那时，这里的雕梁画栋应该远胜于今日泰国的任何一座庙宇，岁月消蚀了昔日的灿烂，只留下岩石的沧桑。此刻感受到的永恒，是不是当年设计师们的本意？我们追随的，是这些需要经过千百年的风吹雨打才能沉淀出的意义吗？

我终于要讲讲这里的佛像。可是我不懂佛教，并不知道园内处处莲花台上坐着的是哪些佛祖。我更不知道，要用什么样的语言描述他们，他们在高高的石座上，俯瞰众生，让人顿觉自己的渺小无助，难以抬头仰视，可是，他们的眼睛会给你最温柔的鼓励，让你亲，想要拥抱他们。

近一个世纪的乡愁

在我的旅行计划中，地图上的美斯乐是一个重重的红记号。

旁边写着一句《卧虎藏龙》中李慕白的台词：我宁愿游荡在你身边做七天的野鬼，跟随你！就算落进最黑暗的地方，我的爱，也不会让我成为永远的孤魂。

不知道为什么我想到美斯乐的时候，会想到了这句话。电影中的大侠魂有所依，现实中的将士又将魂寄何方？

美斯乐，这个接近泰缅老三国边界深山中的小镇，是国共两党之争数十年后难以消失的一块伤疤，是一桩无法治愈的后遗症。

上世纪中，中国人民解放军秋风扫落叶一般横扫中国，在大西南一带凭借地势负隅顽抗的国民党李弥残部退入泰缅一带，在台湾和美国的支持下试图建立一个反攻大陆的基地。无奈败局已定，大势已去，这支部队回天乏力，只好携家带口，数万张嘴依靠美国的接济在异国他乡的土地上挣扎。最终，连美国主子也对反攻大陆的信心不足，加上泰国政府一再向联合国抗议这些部队的“入侵”，失去了物资援助的部队面临两个选择，远离故乡撤去台湾，或者成为真正的散兵游勇在自家门口徘徊。许多人选择了后者。在一位林将军的带领下，这支在鼎盛时期有近4万人之众的部队和他们的家属一起，开始了一段让人难以相信的挣扎。

作为一支训练有素、身经百战的作战部队，泰国政府对他们在泰国境内的活动非常忌惮。军人也一样需要吃饭睡觉。为这一带本就猖獗的毒贩们护驾，暂时解决了几万人的吃饭问题。尽管这支部队没有直接参与毒品的种植和贩卖，但近代金三角地区的形成和这支武装部队的保镖有着直接的关系。吃饭的问题解决了，毒贩们却解决不了这数万之众的合法居留问题。当时缅甸共产党在这一带的活动也非常频繁，对君主立宪的泰国当局威胁极大。于是这支武器精良、训练有素，却无人在乎他们生死的部队就成了理想的雇佣兵源。通过为泰国政府“平乱”来换取自己的生存权。这一仗一打便是几十年，十分惨烈。父亲们倒下了，孩子们接过武器继续战斗。

这是一段仍然在行进中的历史，哪怕想一下，我都会眼睛发热。这个世界上到底有多少无辜的人，要忍受有家归不得的状况？要忍受贩卖生命和灵魂才能获得呼吸的缝隙？

我挂记着这群离散海外的孤魂，他们是亲人，我想要去看看。

在路口小卖部门口等车，《孤星手册》(注：《Lone Planet》，著名的旅行手册，三联出版社出版)上描述的黄色卡车始终不见，可见，旅行手册永远是不靠谱的。终于，停下一辆卡车，一眼发现前车窗下一本中文圣经，果然，那司机懂中文，而且正要送货去美斯乐。

司机哥哥姓马(后来发现这一带姓马的中国人还挺多)，不特爱说话。耐不住我好奇心太甚，不停地问，他只好耐着性子慢慢给我讲

解。从清盛去美斯乐并不是一条旅游线路。孤星旅行指南上说的黄色客车只走前山的交通要道，而我们此刻走的是后山的路。后山路要经过好几个少数民族山寨，马哥做的是小本买卖，去山上送货，要挨家挨户走过这些山寨，将错就错，正好满足了我多看些地方的愿望。

沿着树木茂密的山路往上攀去，路很陡，还有几个急弯。转过一道山梁，眼前视线豁然开朗`，美斯乐的山山水水尽收眼底。美斯乐小镇几乎就是一个典型的中国小镇。路两边的招牌清一色都是中文。汉语是这里的通用语言。因为占山日久，连带了附近的山民也都将孩子送来这里的中文学校念书。中国传统文化在这里依然根深蒂固，走进任何一家居民的住宅，正对大门的一定是祖宗的牌位。思宗念祖，也许是这些不知何朝遗老遗少努力攀援的最后归属感和精神寄托所在。中午时分的美斯乐热得让人透不过气，这一带盛产茶叶，路边多茶

▼我想我不会逢着故事中的传奇，可是，我逢着的，这宁静，恰恰是生命给我最珍贵的礼物。

铺，客人可以随意坐下品茗，不买也没有什么关系。

茶铺里有一位穿了一身唐装的老人，我们坐在树下聊天。

“打仗时您心里什么感觉？”我问，失口而出，才觉残忍。

“感觉，没感觉，不打，家里的女人和孩子们连住的地方都没有了。”

“保卫皇室”的战斗消耗了整整两代人的青春和生命。直到上世纪八十年代，泰国政府才正式认可这批已精疲力尽的军人的合法身份。美斯乐，终于成为他们被所有政府抛弃后得到的安生之所。在山峦环抱的风水宝地，他们集资修建了自己的祠堂，里面供奉了所有为了这个家，牺牲了生命的亲人牌位。这是一栋极富中国特色的建筑，朱红柱子，翘角飞檐，宽敞的正殿中一块巨匾，浑重的四个大字：精忠报国。 我不知道他们在这里刻下这四个字时，作何感想。岳飞背负着母亲为他刺上的这四个字，终于为自己所忠的“国”君所弃，惨死风波亭。八百年后的这些兵勇们，不论他们曾经的理想是什么，结局和岳飞何其相似。

山坡上有一座规模相当可观的陵墓。当年这批流民的首领林将军就安葬在这里。对于美斯乐人，那些颠沛流离的岁月里，希望和未来都是渺茫的事情，他们还算是幸运，有一个能干敢干的林将军，终于带领大家在绝望中杀出了一条血路。在他们心中的如救星和保护神的将军去世时，竟然家徒四壁，没有给自己和家人留下什么钱财，连他的丧葬也是“族人”感其恩，有钱出钱有力出力，将军才得以安葬，面北朝南，怀着他心里无法割舍的世纪乡愁，背靠着故乡，俯瞰着他半生心血揣来的“家园”。

此时的我，站在这寂静的山岗，不禁悲从心来：何处情怀慰孤魂呢……

寂寞金三角

我宁愿你是寂寞的，金三角。

天近黄昏，我们的快艇接近了金三角（GOLDEN TRIANGLE）地区——曾经闻名世界的毒品产地[1]。

河边一尊巨大的佛像通体贴金，在粼波闪烁的湄公河水的衬托中垂目安详。远处的山坡上是一片墓地，通体雪白的灵塔环绕着中心的佛塔。不知是河面浮起的雾气还是亲人们燃点的香柱，塔林仿佛漂浮

1 因为复杂的地理环境，臭名昭著的毒品交易黑窟的金三角地区，在二十年前，汇聚着缅共、泰国政权、国民党残部、世界黑帮组织等多股势力，使这个地区关系异常紧张，留下了许许多多不那么著名、但意义非凡的故事。

หลวงพ่อผาเงา

在青烟中。岸边开始有房子，一株株大树。此时，残阳胜血，东边一片宝石蓝，目光滑过天幕，天色渐渐演成橘红，河面倒映天空，朝着水面开阔的西边望去，正是传说中的金三角。

据说这里的罂粟种植已基本销声匿迹。但又有说法，说这里的人民依然保有吸毒的风俗。如果他们不再种植鸦片，又从什么地方搞来毒品供自己享用呢？无论怎样，现在，我已经到达金三角的中心，清盛古城。

天没亮就醒了。出门。早起的和尚们已开始每天清晨的化缘，三三两两走在街道上。城区里面还是一片寂静，参差不齐的建筑排列在街道两边，临街的一面打着花花绿绿的广告牌。屋子的形状五花八门，通着纵横交错的电线。来到湄公河边，请司机停车拍了几张晨雾朦胧的照片，正打算离开，车窗的反射中映出一轮红日。不经意间，居然遇上了湄公河的日出，就和前几天在澜沧江畔偶然遇到日落一样，来得全不费工夫，却又好像已经寻找了一辈子。

别看清盛不大，却有千年的历史。七百年前，这里更作为兰纳王国的国都很是光耀了一段时间。不幸的是，她地处湄公河与湄赛河的交口，属于历代兵家必争之地。在暹罗（泰国古称）和缅甸的地域之争中，清盛数度易手。到了19世纪初，当时的国王RAMA一世在夺取清盛后，为了一劳永逸，索性下令将这个是非之地夷为平地。今天的清盛，除去很少几段古城墙的夯土是原封不动的古迹，大部分的建筑是近代在原来的基础上重新修建起来的。因此，很难让人感觉到一座古城的风采。

城外西北不远处有座小山，是Wat Phrathat Chom Kitti的所在。这寺的历史够悠久，在清盛建城之前就已经有了。山脚下是主佛殿，雕梁画栋上的细节非常讲究，典型的兰纳建筑风格。正殿里供奉了一截

残缺不全的砖构佛像，据说是在修复过程中，重塑佛身时，在泥塑的内部发现的，已有千年之久。殿侧有张照片，显示出那佛像在完整的时候该是什么样子。早晨的第一缕阳光从东方升起，穿过深深的大殿，正照耀在佛像的脚下，橙红的色彩从被信徒们的膝盖磨得铮亮的地面反射起来，映在白色的佛身上，有些庄严，又有些神秘。

从山脚可以攀登350级台阶到山顶去看佛塔．我们因为要赶时间，就把车沿着柚木覆顶的盘山公路一直开到山顶。这座白色的著名佛塔边，注明此寺始建于公元423年。掐指算一下，已然有一千五百年的历史。山脚下是蜿蜒的湄公河。透过葱绿的树丛看去，河水笼罩在一层朦胧的雾气中，河畔的稻田和房屋忽隐忽现，朝阳把水面染成了金黄色。

这宁静，让我不相信正身处“魔窟金三角”。我想我不会逢着故事中的传奇，可是，我逢着的，这宁静，恰恰是生命给我最珍贵的礼物。

23

老挝

在这个国度，我总是一阵一阵地感到忧伤：有时候，是湄公河里的一条细浪，有时候，是废墟上的一朵鸡蛋花，有时候，是庭院里一口很深的井。

忧伤一定是人类最伟大而神秘的一种情感，很轻，很柔。我们就是在她的怀抱中长大的。

白河夜船

早上六点，开往清孔的车驶离熟睡的小城，驶入一片片深山之中，这里是呵叻高原的一部分。穿越在险峻的高地上，很容易明白为什么这里向来是各代王朝的必争之地。一人50Bar乘车六个小时，即便是无空调车，也够便宜了。泰国的公共汽车里里外外都油漆得色彩鲜艳。一上车，满车厢的人都对我微笑，让人感觉很踏实。刚上车时，我稀里糊涂把钱交给了一位“绿制服”，并没拿到票根，没想到上车后售票员又来收钱。发发牢骚，自认倒霉罢了。不料途中来了个公交公司的小头目，详细询问情况，打电话去总站追查。最终虽然是不了了之，但他们对游客认真负责的态度，让人印象深刻。泰方边检站高高地悬在湄公河畔，“欢迎再来泰国”，年轻英俊的泰方边境官送上一个可爱的微笑，黝黑的脸上露出一排洁白整齐的牙齿，真可以做牙膏广告了！难怪泰国70%的国民收入可以从世界各地的游客身上获取，这是全民修炼的结果吧。

坐机动船去对岸——老挝国的会晒码头。这是我第一次正式看到湄公河。奇怪，几百公里下来，较之景洪，这里的江面及地形地貌并无太大变化。两岸仍是山地，集镇不似景洪沿江高筑，只是通过小小的码头纵伸进去。掩映在青山之后，也无法揣测对面的世界。江边码头上有许多尾巴上插着泰国国旗的小船，一色红身绿帽，像要被太阳烤化了，扁得快要淌到河里去。几个典型的东南亚男人，短小精黑，将一箱箱的可乐、薯片等日常用品往船上搬，看来是要贩出国去。江水有些发白，并不十分清澈，但也绝非浑浊。江面有一丛丛突出的石群。有条小船撞上了江心的石头，一大群人蹲在那里聊天，半天也不见动静。没几分钟，我就到了老挝，登记过关，全凭自觉，全然没有中国关口紧张排队的氛围。

会晒靠江的街面儿是背包客集散中心，大多数人都把这里作为前往老挝或是去泰国的中转。很容易就在Freindship Guest House安顿下来。这个四层小楼的对面，难得没有房子。树影椰林，湄公河在马路下面伸出一个金色的沙洲。顶楼阳台装饰成蓝白二色，红伞黄灯，是老挝民俗色彩与法式制造风格的结合。有个韩国帅哥在洋伞下静静看书。河水和整个镇子在这里一览无余。

不远处，一排宽阔的石阶几乎垂直地修到山腰，龙头首尾相接，犹如天阶，通往“WAT 江靠”。我在湄公河畔看到的第一座寺庙。这里香火旺盛，气势磅礴。寺庙重修于1980年，前不久又翻新过，比泰国寺庙中的雕刻建筑粗陋许多。颜色是当地人刷房子所用各色石灰粉的总和，烟火气重了些。小和尚希瑞化缘的本事不小，英文比我流利多了(在东南亚比我英文好的和尚大把啊)，说是要买辞典，一下找同行的石头老师要了5美金。庙中的一群狗也颇为懂事，对香客极其友好，却对在寺边垃圾堆里寻食的猪发起了总攻，很是滑稽好笑。

第二天清晨，再次来到“WAT江靠”，仍是那一幅从澜沧江边的傣村开始，便已习惯的忙碌图景：最早一批结束法事的香客在庙中用斋饭；前

小乘教寺庙里都有教化民众的壁画式浮雕，艳丽的色泽，直接的表达，人物均丰腴硕美，身上所有都毛发毕现，禁不住让人脸红。

方正殿上，跪拜的信徒在佛祖前祈祷；前方的偏殿，跪在地上的信徒时而与和尚对话交流，时而俯身长叩，经声大作。有一对跟随母亲一块到庙中礼佛斋僧的小姐弟俩，伴随着老和尚念唱的舒缓经文，姐姐学着母亲的样子，跪在地上整理芭蕉叶、鲜花、糯米饭团、毛巾肥皂等一些日常用品。小弟弟却时不时“打野”，几次想起身奔跑。母亲没有半句呵斥责骂，每次都只是轻轻地拉他跪稳，老和尚摸摸他的脑门。像没有中断过一样，一切照常进行。

独自在街上闲荡。一朵朵细小的花开在手工浆纸袋上，用来装老挝咖啡豆；自酿的烧酒泡着龟壳、蜈蚣、蝎子、蛇；小食摊上只少少地摆了三两个鸡蛋芭蕉，也出售米粉，却有二十多个瓶瓶罐罐调料，研究了半天也不知是什么；老挝人的堂屋，如同中国南方农村，在最隆重地方用最昂贵的水果和红香供奉逝去的亲人，在最显著的地方摆放着最令人骄傲和欢喜的照片——女儿嫁了个欧美人。我这里摸摸，那里看看。很快，主街上那些“富贵”的三四层小洋房，直接过渡为一层楼的平房。转进三叉路口，背江而行到达一个依山建造的村庄。人们大多住在干栏式的木板房子里。同样是村镇，相比云南景哈，从衣着家电以及小卖部的货品来看，这里的生活明显贫穷许多，但却分外优雅。除了每家的木楼被漆得各具特色，连家家户户门口的花钵子，或陶陶罐罐，或麻绳绷子，或木头砖瓦，都透着灵性与雅致。这里几乎家家养狗，路口的香火店，空无一人。出售的供养品远远看上去，感觉像是熔民间艺术为一炉的作品。无奈那看门狗凶得厉害，不得近身。如此之近的村庄，没有一个游客。邻家小妹妹们一边跳猴皮筋，一边唱着歌，家门口有一片青翠欲滴的草地，一颗黑朽的老树根上晾了双白球鞋。黄昏的光线，将一切都蒙上了一层旧照片的颜色，一下子让我回到了童年的小镇，“马兰开花二十一，二五六，二五七，二八二九三十一……”

我越走越高。半山腰上有所学校，没有围墙，校舍显得低矮简陋。孩子们在黄土操场上踢足球。叫着喊着，烽烟滚滚，杀气腾腾。更大的一群孩子在旁边村子空地上玩一种脚踢“排球”。有个包着粉色KIITTY猫浴巾的小姑娘趿着拖鞋走来，头发湿漉漉的，像在躲闪我的目光，又新奇地向前凑。我在那里坐了一会儿，她和两个小朋友忍不住来搭讪，“Singapore？”“Japan？”“Korea？”他们问我，我告诉他们“China”，似乎听不懂，我用法文说“chine”，又讲“中国”，他们还是不明白。真纳闷，我泱泱中华竟不为人知。就算没中国人来过，他们课本上难道没学过?总之除了“what's your name？”我们便只能“啊”来“啊”去，干脆在地上抓了几个石子，演示好规则玩了起来。还是游戏无国界!

天色明显黑下。我在“WAT江靠”脚下的下龙头听到庙里的诵经，人间至乐，莫过如此。顺着石阶攀到“WAT江靠”的上龙头，对面的泰国清孔沉醉在一片火红的夕阳中。一半江水，一半火焰，一叶轻舟疾驰而过，在水面拉出一条细细的银线。在迷蒙暧昧的天色中，天台更具浪漫的情调。这样的场景适合依偎、拥抱、亲吻，或者想念。天蓝渐深渐灭，红日稍纵即逝，唯它坠落处，空余一朵绚烂的云。上灯了，阳台上四个人，各处一方，屏息拍照，各怀心事，形影落错。离愁漫漫袭来，思念越来越深。我的眼睛竟有些发潮。

也是这样的天色，第二天傍晚，我到达北宾。上岸的跳板斜搭到邻船的顶蓬，再搭到高高的河岸，背着从舱底一大堆行李中翻拣出的大包小包，踩钢丝般攀了上去。天完全黑了。北宾沿着上山的路修建，与会晒一样，一路的客栈食肆，都长着背包客中心的面目。一路电机轰鸣，问后才知北宾缺电。做游客生意的，家家发电到晚上十点，至于一般家庭，主要就靠煤油灯了。我爬了十来分钟的上坡，到最后一家亮灯的地方，才算到达预订的旅馆。收拾停当，整个镇子已完全黑了、静了。山里空气清新。

月亮半弯在天幕中，映在平静的水面上，泛着悠悠的白光。船泊岸边，在大山隐约的轮廓之下。我心中有一种忧伤的预感，淡淡的，宁馨。

▼这样的场景适合依偎、拥抱、亲吻，或者想念。

慢船去琅邦

人一生中，如果有机缘顺一条大河漂流，任一切烦恼由她带走，是一件幸福的事。

“慢船去琅邦”，这个项目在清迈十分有名，如果通过旅行社买一张去边境清盛的车票，多半他们会问“Slow boat to Luang Prabang(琅布拉邦，简称琅邦)”？殷切的期盼之中，带给人无限完美的东方想象。

我和一整船欧美游客同行，他们大多是刚刚大学毕业或是还在念书的学生。80升以上的硕大背包，满满地装着周游世界的理想。自然，这船上还乘载着许多情侣，温情软意或粘粘乎乎；很多孤独，默默感伤或暗自喟叹；很多挑逗，眉来眼去或手来脚去；很多无聊，呼呼大睡或填字游戏。是不是也有人，像我一样怀着一路的想念呢？会晒到北宾河段，巨大的沙堤延绵数十公里。沙坡之上，小草稀疏，沙粒闪闪发光，每一颗都是一刻跳动的心情。水流是世界上最好的邮差，想念一定能跟随她，去到想去的地方吧。

可是湄公河并不是一条那么好通行的河流。看上去平静的水面，细察才知湍急异常，丰水时节的流速更是无法想象。河道时而异常狭窄，怪石堆挤出河面，水底不时有巨大的明山暗礁。石群的截面，层层断断，证明她们的年纪，也诉说着她们的出生——那是史前地壳运动中形成的裂缝。我们常在正中心与石礁遭遇。船长像港产片的黑帮老大，戴个超大的墨镜，往往不动声色地加速，冲开巨大的浪花。只有在非常接近琅邦的位置，才会有明显的“丰”形航标。因此，在这条河上跑船，须得对航道异常熟悉。有人拍到河面上一具浮尸，断定是疯狂快船的肇事结果，那些轻巧的机动快船都是泰国制造，我们两天的行程，他们六个小时便可到达。

世界很多国家的边界是以河流为界的。湄公河从景洪出境开始，作为界河的总长度达一千二百多公里，尤其是慢船途经的这一段老泰边界，足有九百多公里长。长时间漂流在湄公河上那些看似毫无人迹的地方，我不禁生出疑问，以河流划定的江山是政权的争斗，老百姓隔岸相望，炊烟互绕，鸡犬相闻，怎么可能老死不相往来？到底河流在这样险峻的地理条件之中，会对历史产生多大的影响呢？这条大河到底在多大程度上隔断还是延续着文化的交流与文明的生长？像中缅边界那条挽着裤腿就能跨过的小沟，对当地村民而言，到底有何意义？不知道有没有社会学者回答过这样的问题。对旅行者来说，在一条河流上，同时观看两个国家，看着两岸生长着完全不同颜色的植被，幽绿与金黄，像是同时穿行在两个季节，其中的奥妙与感动，非亲身而不得。

每天吃饭的时间，我们都会在中途的一个码头停靠。兜售平客薯片和LAO BEER的小男孩，一律长得圆鼓鼓的，端着竹制的扁筐。扬着花红柳绿布条的小姑娘，在那里“silk”、“look”地叫着。太阳刺目，我看不见他们的脸。与那些在岸边追赶着船只的孩子，以及那些拿着黑轮胎戏水的孩子相比，他们也许是湄公河岸峡谷里最令人羡慕的小孩。他们为生活所付出

▼『Slow bout to Luang Prabang』这一段行程有着无比完美的东方想象。

的艰辛，换得一颗糖果、一支自动铅笔，都是同龄人想象不到的宝贝。然而，他们也是这条河上最最让人心酸的小孩。一个类似于我一般的游客发出两声感叹，不能给他们带来任何实质性的改变。也许，航行会带给他们一个关于远方和未知的梦想。在北宾码头，有一个在船长室里玩方向盘的小女孩，调皮精乖，眼睛透亮，正如幼年在大河边长大的我一样。

两天的行船，从会晒到北宾，再从北宾到琅邦，两段分别由不同船家负责。两天里只有两三个老挝人与我们同行。墩实的中年女人，光着脚丫，脚趾孔武有力；少年的背篓里装着不满周岁的婴儿，他木然地望着同龄人周游四方；年轻的和尚带给我永远难忘的优雅：明眸皓齿，脊背平滑，手指修长，僧袍也无法遮挡美丽的曲线，以及他看书（英文）的姿势，请我吃桔子时的微微一笑。每一举手投足，无不显示着他尊贵的气度。当然，这船上除了他们和我，整整一船的欧美人。欧美人之间，是相当容忍对方的四仰八叉。只是一位法国男生的“香港脚”实在让我忍无可忍，在提出“请挪尊脚”的要求后，给他们结结实实上了一节“东方人的文明与道德标准”课。

欧美的年轻人，实在爽朗得可爱，大家一群群，十分友好，刚才还在进行争论，一会儿就又聊得十分开心。有位帅哥过来跟我搭话，一会就讲到他正在交往的几个女朋友，其中一个在非洲——本来是要一起去越南，一个在西藏，他强调了几遍——我肯定如果可能他会吐出更多让人惊讶的地名，好像他是在同时和非洲西藏之类谈恋爱——这倒不让我惊讶，因为，同时和几个地方谈恋爱，总比同时个几个人谈恋爱在我看来要正常一些。很奇怪，在我丰富的旅行经历中，同样内容的搭话并不是第一次，每一次听完这些渲染的感情故事，我总忍不住心生怜悯。飘流的旅途再带一颗不安宁的心，其实是让人同情的。

这一路，都没有景洪港两岸的树枝上那些丰水季节留下的塑料垃圾袋，经汛期江水冲刷而裸露在外的树根显得更加突兀。成片单调的胶林，也变成了茂密的灌木，认得的有思茅竹、攀枝花。在单调的行船中，大家常常异口同声地提示着：看哪，牛，一群小犊子；看哪，很多鱼竿，却没人在钓；天哪，撒网；快拍，快拍，那女人在洗衣服，她光着身子！

湄公河在开出北宾三四个小时之后，在离琅邦三分之一路程时，有了平坦宽阔的气象。我们开始频繁地闻到两岸的烟火，无论是上游的云南石鼓、景洪还是缅甸的索累、金三角地区，澜沧江—湄公河沿岸的人们，几千年来都保持着刀耕火种的生产习惯。烧山开田，种林种树。据说老挝的棕榈种植是中国援助的幼苗与技术，到这里才一小片一小片地看到，比起景洪的开山热潮，这儿不及千分之一。洁白柔美的溪流，偶尔注入河谷。山间常常会有一丛丛深桃红色的攀枝花，或是一排排高大笔挺的落叶白杨。我们经过了湄公河畔最重要的寺庙帕乌。

光线渐渐淡下来了。我躺在船头，我的舵手担心地望着我，生怕我会掉下去。船头盆钵里种的梵黄色的花朵，在东南亚，人们用它来敬神。迎面紫红色的三柱香雾袅袅而来。夕阳之下，满山的芦苇闪闪发亮，女孩子们金黄的头发飘扬起来，那么柔软，让人的心都融化了。

花边上的城市

“我们再也回不到缓慢中去了吗？”

问这句话的昆德拉，没到过老挝，这个让一切都慢下来的地方。

老挝的小镇子给予人平和、安详，古都琅布拉邦则让人见识到真正的优雅。这优雅，是人们生存的智慧与态度，与金钱多寡无关，与上学多少无涉。

在湄公河水的怀抱里，琅邦是遗世独立的世外桃源。她高耸在一块丘陵盆地之上，像一支插在白茶缸里的栀子花苞。半岛的东北面，南康河汇入河谷。东北以北，全国大部分的面积，都是高原山地，老挝因此被称为中南半岛的屋脊。考安西瀑布是离琅邦三十公里的一处秀丽的所在。枯水季节，挺拔秀巧，似T台模特。山下的老挝家庭，男人们喝酒做竹器活，盯在那儿拍摄了大半天，人家不稀罕、不窘、也不烦，送了两碗酒喝、两块肉吃，共产主义好兄弟！这家有两个小女孩，天生的明星，吸引了众多镜头，自然有不少“小费”糖果，她们接到合十道声“撒八第（你好）”，享受地在镜头面前玩闹着。她们并不是行乞的孩子。事实上，在老挝，很少能见到东南亚或中国城市天桥上讨生活的残肢废体的孩子，或是拉着你兜售东西的小孩，但他们并不拒绝游客的馈赠，不卑下、不蛮横。

这多少让人有些奇怪。老挝有明确的史载以来，除14到17世纪流浪的法昂王子开创的澜沧帝国，她轮番受制于湄公河畔的每一个国家。进入17世纪下半叶，法国人开始了在这块土地上一二百年的统治。一般而言，被殖民的历史会让奴性像霉菌一样扩散。但在这里，除了长棍面包早餐与法式特征的建筑，琅邦人的淡定从容，积攒着世世代代在与佛对话中形成的修养。

不知道是不是偶然，在琅邦的庙里，我碰到了此行中最多的佛教法事。在著名的香通寺，四位僧人正式出家。寺里为他们举行着隆重的仪式。一个高级知识分子家庭，为这次仪式准备了齐全的僧衣用具、贡物、香资，跪在最前的位置。有两位妇女，显然是僧人们的母亲，接过人们递去的“瑞尔”（老挝钱）、布匹、米、油等资助，也同时接受人们对她们的敬意。有儿子出家，在信仰南传上座部佛教的家庭中是一件值得骄傲的事，母亲们的脸上都是笑笑的，但眼睛中还是有不舍得，就像女儿出嫁一样。仪式进行到一半，在一片诵经声中，四位即将出世的僧人被护法师长驱出槛外，须在辩经中得到通过，才算正式归依。

琅邦香火最旺的寺庙，据说是维苏那拉庙。后殿的菩萨，或完整或残缺，无一例外地完美。这些16世纪的雕刻，也得不到完备的修缮保护，布满了灰尘，却不失威仪悲慈。阳光透过一排螺旋柚木柱窗，透过一排锈迹斑斑的铁栏杆，投射在身形流畅的佛像身上。众佛沐浴着一圈神妙的光晕。美哉我佛！他秀眉秀目，细手细脚，润肩润身，具备摄人心魄的力量。一切静默。尘归尘，土归土。前堂为三个女人所举行的祈福正在行进，梵音悠扬，让人想哭。

佛寺壁画里的生活场景，更让人对中世纪的琅邦俗世浮想联翩。琅邦最好看的壁画，是澜沧国王登基前的修行地。要渡过湄公河，穿过一个小镇，再走三五里山路才能到达。那里有国王修行时住的一栋极小的别墅。房子后面有口一人直径的深井，扔小石子下去，半天才听到咚的一声。让人想到紫禁城里的珍妃井，不知那里是不是也有一个凄怨的故事。虽然没有泰国的艳丽、吴哥窟的恢宏，却有中南半岛上我最喜欢的壁画。在斑驳的墙面之上，能找到一个个幸福的因子。驾白马而来的王子、舞蹈祈福的众民、缠绵旖旎的男女、戏要的父子、整理云鬓的母亲……难得的是，这些因子不仅仅属于头戴高塔金饰的王族，也属于他的子民(香通寺的琉璃壁画也表现出这个特点)。相隔千百年，你仍然能感受在到绘制它们时，工匠们眼里心上的笑意。

清晨的琅邦，似乎一直都静止在千百年前的那个时间。没有喧嚣的游客，这里仍然是一个与全球化不相干的地方。男人、女人拿着扫把聚集在街口，听凭年长者分配打扫的任务。年幼的孩子在一边玩耍。一派家长式集体生活的温馨。白衫蓝裤子(裙子)的“红领巾”们，结伴上学去。湄公河畔的餐厅和家庭旅馆，布置得相当美妙，法式情调与民族感觉的融合，每个细节都透露着主人良好的审美修养和生活热情。即便只卖一二样东西的简陋不堪的铺子，所展示出来的态度，与散发着浓厚殖民情调的庄园旅馆，都是一样的气定神闲。巷弄深深，老百姓的家非但不因不招呼外来游客而粗陋，反倒更显精致与拙趣：廊前挂着丝瓢制作的南瓜形大吊灯或是一排排吊兰，门口实木雕刻的象凳，门柱的牛首立雕，家用的竹编藤制的蓝筐桌椅，搭在睡莲塘上的柚木回廊……

上灯时分，湄公河上最迷人的夜市正式登场。数不清的小贩在一瞬间将国王博物馆门口前那条几百米的街道铺得严严实实，售卖各种手工艺品。人民币八元就可以买到一件长袖子的细棉衫，五元就能买到一条麻质短裤，花纸灯、布象、老挝式的百子绣被面、竹器木雕……即使你能抵挡住这些物件的诱惑，那些少女轻声的吆喝，就像塞壬的歌声，也会让你不知不觉跟到这里来。

通过浦西后山弯折幽深的小石子路，去看夜幕中的琅邦。除了偶尔散步的当地人，这条路安静极了。路两边树木笔直高大。地上还铺着红叶子呢，新的绿芽又冒上枝头。不由得有风雨人生相依相伴的感叹。可惜，没有人在这里牵起我的手。

在山顶，碰到了“湄公河上唯一的犹太人”，我的“船友”。这小子利用两天的船程不断与女孩子调情，此刻已在这山巅上求婚了！那个隔一两个小时就要涂一番防晒油的英国教授，仍孤单单地，兴奋地告诉我，他幸福地睡了一天！不过三十美金，他便找了一套四五米高、全柚木的房子，纱幔长垂，丝绸床品，光躺着就觉得浪漫至极。是的，每一个人，在琅邦都将找到属于自己的浪漫。我的浪漫，是山顶那个吹箫的日本男生，他的眼睛，那么像，那么像……他带着生活的忧郁而来，他的胡茬上还带着流浪路途的阳光……

人间万象

长途车一坐一夜，真有些让人抓狂。到底是为什么，我们要旅行。是为了寻回过去，还是为了找到未来？

琅邦去万象的夜班车，在逼仄曲折的山路上行进。月亮圆圆，悬在山间。偶尔经过小山村，总担心大巴车一不留神会将路边的房子带倒。那些建在木桩基座上的芦席棚子，离马路近极了，都有开放式的露台，三面透风，颤微微的。虽然房子看来不怎么结实，但老挝人心中的家庭观念却是根深蒂固，家家都能见到老老少少围坐乘凉或是看电视的情景。我心中满是满月的乡愁。

早上四点到达万象，没一家旅馆开门。路灯幽暗，在马路边靠着行李坐等天亮。街头流浪的革命浪漫主义色彩，完全淹没在二十几天积累的疲惫之中。居然是月全食。也只是沉默而已。想起一首80年代的老歌："啊，那路灯下的女孩，你为什么哭泣，为什么不回到你的家……"

万象注定从黑暗中乱撞开始。这个首都，的确让人迷茫。你难以体会

它的过去，也不会去想什么未来。万象充满了现在，现在充满了水泥！天狗吞掉了月亮，也吞掉了“万象”，只剩下了水泥。

塔銮寺，东南亚最负盛名的寺庙之一，万象最著名的景点，是一堆贴了金箔的水泥包；凯旋门，万象的地标，一个什么都没仿造对的“水货”，据说是挪用了美国人捐给老挝修飞机场的水泥建造的（一说是中国政府捐了千万人民币[1]），内墙刮得东一块西一块，底层摆着些小破摊（不及琅邦地摊的一个小指头），实在惨不忍睹；街面上，一模一样的混凝土三层小楼；在老挝佛祖本寺，人们用水泥模具翻制水泥佛像……在烈日炙烤之下，这一切又让城市热上了十倍，我由此患上了“水泥妄想症”，连吃面包，第一反应都是：水泥做的？

水泥之外便是沙格寺了。四层楼高的藏经楼中，有数层抽屉的藏经柜，蛛网乱缠，颓然破败。殿内的回廊影壁凿出万佛洞，每洞一双小佛，颇有特色。

好在还有湄公河！这里河道很宽阔。枯水季节，上百米河床裸露在外，长满了青草，有些地方浅浅露出一道道水沟。傍晚，夕阳从河对面的泰国廊开落下。河风阵阵，河边的大排档有草席、矮几、三角枕，可卧谈、对酌，或是群聚，热闹中不失宁静。

1 中国对老挝的支援由来已久，二战日本人走后，1953年，法国人被迫承认老挝独立。很快，它又成为全球冷战环境下的“热战场”，美国人扶植的右翼政权与中国支持的老挝人民党解放战线在这里展开了激烈的战斗。美国人对老挝土地进行地毯式的轰炸。在琅邦的集市上，我碰到北京来的老刘，他年轻时曾在这块土地上浴血奋战，和中老边界的麻连长结下了浓厚的友谊。今次特意去拜祭在战争中牺牲的麻连长，看望他的家人。

又一个夜班车，离开水泥城，道路变得平稳开阔，我一路昏睡。我的目的地是占巴色的瓦普庙。澜沧王国在历史上曾分裂为三个中心，琅邦、万象和占巴色。占巴色地区紧邻柬埔寨，与高棉文化相互影响。老挝人认为（导游也好，路上的旅伴也好，瓦普门口卖票的也好），瓦普是吴哥的先驱，对此，我并没有查到确实的证据。然而如今的占巴色，却远不如昔日重要，甚至没有直达车，我必须在巴色换乘。一位银发老者，精神矍铄，在车站悠然独坐。闲聊之中得知老人家祖籍广东佛山，除了法语、老挝话、广东话，他的普通话也讲得相当好。

“我的家就在占巴色的镇子上，我在那里出生，小时候，跟着我的老挝佣人长大，和他们的孩子玩耍，就像亲兄弟一样。十来岁时，我去了法国，我曾以为，那会是永别。

“很小的时候，随父亲去过东德岛。五六十年前了，早不记得。只在梦里见过，觉得美，我刚从那里上来，真是美，瀑布你们一定要看啊。”

他兴致很高，却对我大大好奇的身世问题讳莫如深。估摸他的年纪，他们家可能是五十年代随法国人殖民统治的结束而被迫离开，大约是法殖民时期的商贾富贵[1]。

车比船快很多，而且便宜。但我喜欢坐船。这一段船程果然大有异

1 法国人开始了在寮国近二百年的统治。现代的老挝地区最终能够幸存下来，要感谢上天赐予的脊背——纵横老挝中部的悬崖峭壁，这道自然屏障抵制了强大的泰人和缅人政权对老挝高山地带的进攻。作为在东南亚殖民推进的一颗重要棋子，法国人让暹罗人放弃了湄公河以东的所有领土，从某种意义上创立了现代形式的老挝，他们甚至用自己的发音习惯命名：LAOS（S不发音）。

象，竟有数百米之宽，水色清绿，与之前我经过的所有湄公河段，截然不同。那些急急冲过的泥沙，形成了河面一个个小小的沙洲岛，一座大桥跨越湄公河，连接老挝和泰国。这是这条河流上我见到的第二座桥，并无太多特别之处，略细长些、简陋些罢了。渔民把船靠在桥正下方的一块青草洲上，撒网捞鱼。

瓦普庙在老挝话里的意思是石庙，因为在石头上精工细作的雕刻而闻名。它由占巴色王朝的披耶卡马塔王建立。很多人认为它影响了吴哥寺庙的风格。老挝独立之后，人们过了许久才开始对它重视起来，真不明白为何列为世界文化遗产的地方，竟然遭到如此粗鲁的修复。那些原本屹立山顶，在梁头傲视苍生的浮雕坍塌了。人们置原始构建于不顾，将之弃为阶石，来往的人群，早将那些雕花踏模糊了。我尽力绕阶而行，但又有什么用？佛殿顶如今不知为何弄成了蓝色的玻璃瓦，倒像是故意和山脚彩塑棚子的小卖部遥相呼应，可笑极了。没有脑袋的佛像半埋在尘土之中，只有鸡蛋花，也是老挝的国花，在山头盛放。遥望走过的那一段长长的神道，为这里的悲凉与荒诞叹息。

山脚下有位四十来岁的中年男人正与小贩谈天，他古铜肤色，但绝非是一般老挝男人经年日晒的沧桑，还戴着块劳力士表。他告诉我们，他出生在万象，曾经为美占领军操纵的老挝政府服务，在老挝“土改”时期逃去夏威夷，妻离子散，家破人亡。这是他二十多年来，第一次返回故乡。我想起站台老者的苍苍白发，这两个人，属于两个不同的时代，经历了老挝历史上复杂时期的不同政府，他们应该都曾是不同时期的当权者，风光一时。然而，在翻滚的政治潮流中，再如何风光得意，不过瞬息。世间万象，莫若蝼蚁。

A的故事

“你—是—中国人—吗？”

我强打起精神，点点头。

“你吃了吗？”

我笑了，问，“你是谁？”

“我是A。你，生—病了吗？”

我抬头望望他：白恤衫，LEVIS仔裤，白色棒球帽——阳光干净的男生。我勉强微笑，“我头疼，也许有点中暑。”

他显然没听懂，原来他并不是中国人，于是又用英文解释了一遍。他跟售票的女孩几句嘀咕，女孩掏出瓶绿色药膏，闻着与清凉油类似，示意我涂上。他把刚买的凉薯用矿泉水冲洗了后擦干净，递给我吃。未来的两三天里，他都是如此细心地关照我。

这是在去纳桑卡纳村的拖拉机上，一大半是欧美游客，漫出车厢的四个人扒着车顶棚维持平衡：三个男人＋一个售票女孩——我

▼ A.

的座位是她让的。这一拨“鬼佬”几乎都纹身、抽烟、喘粗气。无论男女，体积都是我的一倍以上，又都只穿背心，车里白花花的一堆肉。若不是有我、A和两个老挝家庭在其中点缀，真有点“像要拖去屠宰厂的”。

这不重要，重要的是，我认识了A。我觉得有一天，A会成为我小说中的主人公，这并不奇怪，因为A本身就是一个传奇。

我今年35岁（他看起来小得多）。我的家在东德岛，湄公河冲积出来的无数岛屿中的一个。我住在曼谷。我有十几年没有回家了。

小时候，我在庙里长大。我们这里的小男孩，一般都会被送到庙里。跟和尚学经，随和尚化缘，帮和尚做事。有些到了年纪去念书，有些大了再还俗，有些会永远留下来。寺院是老挝男人的第一所学校。

爸爸妈妈曾在岛上的小学校教书。父亲对其他小孩都很好，只是对我要求异常严格。做俯卧撑，别的小孩做10个就能得到表扬，我要做20个、30个、50个。每次考试，如果不是第一，他就用竹条抽我，皮开肉绽。母亲只能在边上哭。奶奶去世以后，他是家里绝对的权威。那时候，我很恨他，我常常怀疑自己不是他亲生的。可是，现在看来，我的一切都要感激他。

小时候，有一段时间家里很富有。爸妈和柬埔寨人做象牙生意。湄公河是老、柬、泰界河，从我们家开船，半小时就能到边界。我们把收到的货通过湄公河运到老泰边界。当时整个边界的政局混乱，高棉人又很狡猾、凶狠。有两次他们带着枪来交易，抢走了我们的钱，再后来，爸妈就不做这生意了。

和我一起读书的孩子，不超过十个能到巴色念中学，上完高中的不超过五个。整个老挝，到现在也没有几所大学。那时全国的大学只有在万象的两所，没几个人能得到那样的机会。我念高中都是寄宿在庙里，和庙里的和尚一样，每天只吃两顿饭。高中毕业，十几岁，我们12个少年计划去泰国闯天下。泰国是整个中南半岛上最富裕的国家，而且与老挝的语言几乎相通，文化宗教习俗也比较近似，与我们就只隔着一条湄公河。老挝人看泰国电视节目，听泰国歌曲。眼见着对岸欣欣向荣，很多老挝人都向往有机会去泰国。但即使是现在，可能性也不大，何况那时的老挝更加封闭，唯一的办法是偷渡。

那天夜里天很黑，我们在巴色附近下了水，拼命地向对岸游，只有三个人最终到达了对岸。因为是非法移民，我们很害怕，又没有钱，开始只能伺机在岸边帮人种地。后来，只有我一个人到了曼谷。另外两个，现在还在那里种地。

现在我是一个计程车司机，我有了自己的车子、房子、老婆和女儿。我写信回来告诉爸爸妈妈，他们根本不信。在老挝，很难想象你在大城市里过着有车有房的生活。就算今天我站在他们面前，他们还是不信。这十几年，我做过你所能想象的一切艰苦的工作。我刚到曼谷时，常去一家地摊吃米粉。那家摊主的女儿，对我很好。可谁会愿意把女儿嫁给一个没有身份的老挝人呢，而且他还只是个搬运工？更何况这个女儿只有17岁，在念大专。为此，老婆和家庭决裂了，也不去读书。直到她生小孩，岳母才第一次来我们住的地方，抱着我们刚出生的女儿，哭了，一切才算过去。我心存感激，对她很孝顺。

这些年我开车，总是特别小心，我绝对不能出事，绝对不能惹到警察。我常做噩梦，梦见自己出车祸，我担心他们会究查出我的黑市身份。我的车子、房子、钱、包括女儿的户口都在老婆那里。老婆在家做全职太太，料理家务。我偶尔会担心，有一天什么都没有了，怎么办？女人要是变了心，很难讲的。因此我不得不有所防备。我一个人走到今天，一切太不容易。

▼A儿时向往的万象凯旋门，到现在也没去。

▼万象街头的孩童总让我想起游过湄公河到泰老边境讨生活的A。

我在曼谷报名学习英文，最近又在学习中文。我想我有一天能拥有一百万、一千万。你说，这一天会太远吗？

A拿出他的一堆证件，指给我看。这个是真的，这个是假的。回老挝用真的，回泰国用假的，在泰国用的驾照是真的。我坐在船上，听他讲故事，用他父亲听不懂的英文，偶尔还蹦出几个中文字，问我讲得对不对。新出现的单词，马上记到手机的记事本里，非常勤奋。父亲在船头掌舵，脸上满满的都是骄傲。

祝福你，我的朋友，A。你的梦想一定不会遥远。

掠过身体的鱼群

“我想写一封信。”

“嗯。写吧，写吧。写出来就好了。”

好了。这个词多么悠深。走了那么多那么远的路，不知道是否就为了摆脱怀旧的重负，就是期望它的真正降临。

A的父母来接他回家。我们随着去东孔岛，四千岛屿中的一座。这是一艘承载着思念与欢乐的小舟。十几年前，A奋力地游向对岸，奋力地离开故乡，是否想过重逢已是今日？没有拥抱，甚至连目光的对视，也短短的。也许因为码头上的人太多。老挝人表达感情的方式非常含蓄。A热络地安排我们，极力掩饰他的激动，可他有力的双手在扶我上船时，竟有些颤抖。毕竟十多年了！A妈妈把脸侧向粼粼河水，转过来时，脸上满是温柔的笑意，眼睛却红红的，深深地再望一眼儿子，又掉转头去。

你是否能够想象和旧情人相见的样子？也许，最后一次见面，你们甚至没有说声再见呢。我不知道。也许我的目光，只敢在他身畔游移。这么长的时间，我眼望着，那样专心，影子仍然日渐模糊。若是真正相见，怕是无所适从。甚至连想一想，都不晓得该怎么办才好。

还好，现在有湄公河。从2004年石鼓古镇，收到第一个短讯，到2007年3月的此刻，这条河流一直陪伴着我。二三千公里的路途，她裹挟着一路沙尘，将自己的生命之重，冲刷堆积，有了眼前的千千岛屿。她奋勇冲上乱石密布的高高河床，化身一座座美丽的瀑布，又经过一片丘陵山地再度与自己会合，那时，她已是一条崭新的河流。

你说，我会不会也是这样?

我租了自行车，去看瀑布。经过一座连接东德与东孔的小桥，那是法殖民者在即将离开时，为运送物资修建的。小岛静极了，有一所学校和医院。医院类似于八十年代家乡农场的卫生所，或许更小些。刷半截绿色的卫生墙，同色的门窗，斑斑驳驳，连预防血吸虫病的宣传画，都是幼时记忆中的样子。

人们在河边的密林里，踏出了一条不足半米宽的小道。看不见河流，只闻水声轰鸣。要经过巨大的蜕变，并不是件容易的事。要经过多少激烈的挣扎、无奈的徘徊和悲伤的眼泪。然而，当你真正见到她，你会佩服她的勇气。湄公河这一段，复杂到诡异的地步，河床似乎是一截被拦腰砍断的山脉，一望无际的嶙峋怪石。枯水季节，水流量不够大，从石尖上被冲空的树根判断，丰水季节，这一道道的瀑布，便会连成一整片，那是何等壮观！真不明白，为何所有水流都要倔强地经过这里。她没有力量将阻挠她的岩石冲毁，也不另辟蹊径，她是认定她的方向了，经历着这个自然的过程。如果没有这股韧性，湄公河不会在此断流。而若非这个地理原因，法国人早就打通了这条黄金水道，将殖民魔爪伸向了云南。

此刻，湄公河的水上餐厅里，我坐在檐下，双脚荡在水里，清凉极了。仅仅不到一公里，湄公河就变成一潭文静温婉的湖水，看不出任何坚

韧的征兆。一群群小鱼，在我脚边蹭来蹭去，挠痒痒。

傍晚，和A一起去漂流。我们的机动船开了很远，A指着对面说，那里就是柬埔寨，这里曾经有珍稀的江豚，因柬方政府无法控制的猎杀，现在已经很难看到了。

江豚，在我心中，它多么珍贵！小时候，在我的家乡江汉平原的长江水域，人们叫它江猪子。传说中它们在产卵季节成群相伴游过，头昂出江面，发出欢乐的叫喊。人们把见到它们作为最吉祥的征兆。如今，这水兽已基本灭绝，只留在了传奇之中。

对这样的好运气，我不做期望。抱了一个大黑轮胎，下水。我终于游上了河泳！家乡处处是江河，家家庭院里都挂着这么一个黑胎，可是我却不会游水。因为年年都有小孩被永远地留在了河里，下河是被妈妈严格禁止的。我只偷偷求爸爸带我去过一次，却把妈妈气哭了，从此便断了念想。今天，我终于下河啦！湄公河水很急，深深浅浅，不时有暗礁，露出水面的便长满了一丛丛灌木，青翠水灵。A生怕我掉下去，一直掌着我。直到我求他松开，结果不一会儿，我被冲到一个小洲。我笑着大叫“我被留下啦，湄公河爱上我啦！”等着被急流冲走的A逆水游过来救我。我的心充满了因平静而生的喜乐，切身地享受到不真实的快感，一群大鱼掠身而去，似乎还亲了亲我的面颊。

也许是天意，我脖子上那根多年来不曾离身的红绳，那根拉萨药王山下老喇嘛为我的祈愿所加持的红绳，不知在哪一个瞬间飘走了。一阵惊慌。又好了。河水温润。

万物自有命运。我的，你的，我们每一个人，必是听从了上天的旨意，去去来来。一把锁住心头的郁结，像那队掠过身体的鱼群，渐行渐远了。

柬埔寨

一切就像猛然开阔的河水，都是突如其来的。野蛮的态度、混乱的性、血腥与暴力，当然，还有对神圣、尊严、力量最卑微的仰望。没有空隙做梦。没有空隙念想。这里的人民所创造和所遭遇的，从古至今，都太过极端与浓烈。与他们相比，那真的不算什么。

Same Same but Different

“嘿，哥们儿，逛过窑子吗？”

哪来的没头脑的话，如果我那贤良淑德的母亲知道我把这句话写进了书里，我可真就死定了！

“我在那过了一夜。”

这是真的。柬埔寨的第一夜。

一夜大雨瓢泼，狂风大作。四千岛全是些扁扁的小舟，晴天下河都得不断地往外舀水，这样的天气，就别妄想离开。

早上，雨终于变得细小。告别。早知道这就是旅途的一部分。但仍会难过。

从纳卡桑那村出发，一两个小时后就到达柬老边境。老挝这边，是从林间新开辟的一条坑坑洼洼的碎石路。雨还下着，司机不停用一只小熊公仔的屁股擦玻璃，我就坐在他旁边。窗外，雨雾迷蒙。红的枫叶、黄的芦草、新绿的老藤、掉光叶子的黑枝干、白得发亮的桦树，四季里最浓烈的颜色，层层生长在阴翳中，姿意鲜妍。美得让人迷惑，让人不知所措！

而柬埔寨这边，就不再见茂密的树林，也几乎没有城市村庄。新修的柏油路，笔直切开一片广袤平坦的红土地。地里稀稀拉拉的灌木丛，诉说着这片土地悲惨的过往。伊洛瓦底江和湄公河冲积出的这片低洼之地，原本是一块肥沃的稻米之乡，也曾经是富有植被的原始森林。现在大部分地区，不是当年为了避免游击队的设伏而被砍伐精光，便是因埋着地雷而无法种植。谁能想象，这块土地至今仍埋着400至500万颗地雷！而清除这些地雷，又谈何容易！联合国作过一次估算，一亿多美元的花费不说，至少需要4万人搭进性命。当年越南方面所设置的世界最长雷区K-5，从泰国湾一直延伸到我们眼前的这块边界。红色高棉和奉辛比克党人在这里也干了同样的事情来对打或是抗越。美国和英国则在这场杀人游戏中扮演着供养人和教官的角色。战争与屠杀，对于今天世界上绝大多数国家的人民来说，只是遥远的国外新闻和历史纪录片的故事，而对柬埔寨人民来说，是至今走在空地仍有可能被炸掉的双手双脚，是新世纪还曾在身边街巷发生的骚动，是十年前的洪森政变后消失的高级官僚，是二十年前越南人在这块土地的烧杀抢掠，是三十年前红色高棉的变态镇压，是四十年前美国人的轮番轰炸……多少生命在这个过程中丧失。现在回想起来，白头发真正上了岁数的人在这个国家极其少见。无论男女，柬埔寨人更容易早显老态。一个多世纪的血雨腥风，和平，只有当你来到这块土地，直面他们的伤痛，你才真正可以体会它的重量与珍贵[1]。

1 进入现当代，柬埔寨的政治几乎一直都沉没在一片黑暗与混乱之中。除了西哈努克亲王时期短暂的和平，军队政权、美国轰炸、柬越战争、红色高棉，每个柬埔寨人身上都背负着历史之痛。

坐轮渡去上丁。湄公河上有座大桥正修到一半。我在河边吃午饭，几个浑身泥水的欧美摩托党，飙起地上的水花呼啸而去。上丁通往东北部的纳塔纳基里省由于有着世界上最烂的路况，而成为越野摩托的天堂。还好，去往反方向的暹粒，政府为了旅游刚修了条新路。我们的司机显然是久经考验。他在几乎没有弯路的柏油路上开得飞快，错车不减速，见人不刹车。轰一声闷响，车颠了一下，他若无其事，继续狂飙。大家议论着，这小子一定撞死了一头小猪，我们是踏过猪血前进。我一阵狂恶心。难道，凶残以及对生命的漠视还没有从战争的阴影中消失吗？

计算了一下时间，一车人都嚷着想连夜赶往吴哥。黑胖的司机立即一副凶相，“晚上有劫匪！”唬得大家没有声音。更关键的是，天已黑下来，而我们的车灯却坏了！过渡口时这车就有毛病，是大家在泥水中把它给推上去的，现在全车人只得用旅行头灯、电筒前前后后照着前进。

折腾了一个多小时，终于到达磅清扬。我们被拖着在街道上乱转，问了好几处旅馆都没地儿。最后，这小黑胖子把我们扔到河边的一家massage house —— 按摩房，二话不说便溜了。经过一路波折，一车来自不同国家的游客都已成了患难之交，大家分头寻找住处。沿着湄公河，一路全是按摩房，几乎家家客满。唯有一家guest house有两间房，被先去问的三个法国人订下。还就眼前这家，算是最大的。一对加拿大夫妇去问，掌柜的说了：现在有四间，过十分钟能出来两间，还有两间刚进去，估计再过二十分钟能完事。大家琢磨这里面的意思，爆笑起来，狂开玩笑：same same but different！这都是些什么SAME啊，按摩房，明明就是妓院！

我没有欧美人想得开，大家都乐于将此作为旅行的一种特殊经历，而我看着那些像国内发廊屋一般的粉色灯光。吃了苍蝇似的，不愿意进去。

“嘿，朋友，来吧，这可是在柬埔寨。”加拿大男对我扮了个鬼脸。

我不死心，去看了一眼那家唯一的guest house。开店的伦敦佬娶了个柬埔

Tiger
Beer
ភោជនីយដ្ឋាន
សមភាព
恭喜發財
Luxury

寨女孩，一楼大堂也是餐厅，挂满了婚礼照片。门口，一个欧洲肥佬抱着个当地女孩，浓妆将她的脸画得变了形，衣服至少把她穿老了十岁，只有一头乌发秀丽，保持着原本的色泽。是啊，这是在柬埔寨！欧美人的性爱天堂。由于柬埔寨的婚姻根本不被欧美法律承认，很多欧美碌碌无为的公务员，老了或者不等老了就来这里，花不着退休金的一半，在富人区租套公寓，娶上个十来岁的女孩，就有人一年三百六十五天天天二十四小时等着他，侍候他，这就是所谓“处女的温柔”。精神，精神算什么，沟通，那又算什么。对于这些在自己的国家永远无法得到如此待遇的欧洲老男人和在永无休止的饥饿与贫穷中挣扎的柬埔寨少女而言，那根本不在考虑之列。

的确，这里是在柬埔寨，你早知道这是个艾滋病泛滥的国度，不是吗？即使五星级的宾馆，又能干净到哪里去！同样的事情不是一样上演着吗？干净的恐怕只有门口的“石狮子”罢了。我宽慰着自己。

大堂很乱，扔得到处是啤酒饮料瓶子和纸巾。几个女孩子坐在那里，浓妆把她们和刚看到的那个女孩弄得一模一样，眼睛也是一样的呆滞。像我们这样的游客入宿，她们早已见怪不怪了。

我们最终包下一整层楼。房间尚算洁净，床具经我们要求重新换过了，是白底小青花，竟然显得有些清纯，闻上去也没有异味。每一间门上和卫生间都有一个黄牌警告标识，“禁止虐童”。是的，这是在柬埔寨，这里不乏一些让人发指的恋童癖，朝十来岁甚至五六岁的孩童下手。因为贫穷，有相当比例的柬埔寨儿童遭到过侵犯，或许只是为了换取一颗糖果！

几乎一夜无眠。天刚亮，门还锁着，大堂里满地的空啤酒瓶子和卫生纸。找睡在柜台的小伙子要了钥匙出门。两个瘦小的男孩打着赤膊，呵欠连天地坐在湄公河畔的水泥台阶上。不知为什么，我非常害怕看到他们，他们只是路过的或是家住附近的孩子，但我还是不敢看他们，一点也不敢。

Procold

在吴哥

“如果多一张船票，你会不会同我一起走。”

男人和女人在诀别之后，第一次意外重逢。亚热带的阳光之下，女人笑笑，就蒸发掉了。

这是《花样年华》一段被剪掉的故事。

于是，男人对着古老的石洞，以草封缄，埋葬了1962年的秘密。从此，不会有人知道曾经发生的事。

这是《花样年华》最后一个场景。

为什么王家卫会选择吴哥作为《花样年华》的了结？

有人说，千百年来，吴哥石缝里的秘密，就像哭墙里的祷告一样多。它们都会被自然带走，假以时日，又会长成一棵参天的树。

高棉的微笑

▼不急，不急，桥就在那儿呢……

巴戎寺是吴哥的“心脏”。

柔光中的巴戎寺，让人疯狂。

这个世界上没有一件事，可以与之相类比，几乎、甚至、就连爱情，也不可以。

一不留神，高棉的微笑就会摄走心魂。因此，相比情侣双双，这里更适合孤单的人。如果，希望重新开始，又无法忘掉过去，夕阳或者清晨时分的巴戎寺，能给你最大的安慰与帮助。

千万不要远远地看一眼就跑开，没有进入，它就不过是一堆石子山；你将无法辨别216尊象征国王的巨大佛像[1]，他们端详地竖立在54座大小不一的宝塔顶部的四个侧面。他们对你微笑，让你无处循形；他们高高在上，又似在枕畔呼吸。

那一刻，没有心思，没有故事，也没有历史；没有过去，没有未来，也没有现在；没有神，没有魔，也没有佛；没有你，没有我，也没有他。身子空空，轻轻盈盈；心，却被填得很满很满。

众神的狂欢

这是世间最大的庙宇[2]，是一个神比人多的地方。

1 据说，巴戎寺里所有的佛像都是以建造者苏耶跋摩七世的脸为原型的。

2 吴哥是庙还是城？吴哥（Angkor）一词源于梵语“Nagara”，意为都市，到16世纪始有今天的英文Angkor Wat，即寺庙都城。元代使者周达观1296年在吴哥游历整年，写《真腊风土记》，称吴哥为“鲁班墓”，又及国王以塔为陵，加之吴哥面西建造，逆时针布局，学者们由此判断吴哥始为苏耶跋摩二世的皇陵。元代航海家汪大渊在1330年-1339年间曾游历吴哥，他称吴哥窟为“桑香佛舍”，这表明在十四世纪中叶，吴哥窟已经改为佛寺。

吴哥窟，这个名字的意思是：毗湿奴的神殿。

在吴哥窟主殿长八百米、高两米的浮雕回廊上，居住着成千上万的神灵。东壁的搅动牛奶海图，北壁的毗湿奴与天魔交战图，西壁的猴神助罗摩作战图，都是印度佛教中最广为人知的故事，想了解他们的方位，只需关注导游们停住开讲的地方。唯一郁闷的是传说中的众神竟被游客摸得锃亮发光。现今吴哥窟的意义，更多是观光，而不是朝圣，整个建筑的灵魂似乎失落了。

午后，通过“天堂的阶梯”，一层又一层，艰难地爬到吴哥窟的制高宝塔，象征着世界中心的“须弥山的顶峰”。你会明白800年前苏耶跋摩二世王（Suryavarman II）将吴哥选做都城，历经35年建造的意义之所在。面朝西方，夕阳沉静温柔，热气化成神秘的紫雾，升腾在一望无际的平原莽林之上，极乐世界的错觉，也不过如此吧。

初春的夜，来得特别地早。晚上六点钟，吴哥窟就谢绝游人。七点半钟，暮色深沉，天蓝似墨，游客几乎全部离开了，勤劳的小贩们忙着收摊，偌大的城堡渐渐陷入死一般沉寂。一辆白色的马车，绕过开满荷花的池塘，疾驰而去。

直到此时，众神的狂欢才刚刚开始。

我们，人类，注定是看不到的[1]。

1 通往王城的路开在浓密的柬埔寨丛林之中，喜欢TUTU车在完全黑掉的夜晚飞快穿过的感觉，林子里的阴风带着热带植物野野的味道和刷刷的声音，蝉叫蛙鸣。吴哥最后一夜，照例呆到天完全黑下去，完全静下来。不曾想整个吴哥桥头站着一群工作人员，正在准备吴哥的第一次试灯。现如今再去，吴哥窟的夜晚就亮起来了，神灵狂欢的节奏，会因此而改变吗？

▼他们对你微笑，让你无处遁形，他们高高在上，又似在枕畔呼吸。

树之灵

只去过吴哥窟（小吴哥），你不会相信这个王城，曾被人遗弃了近五百年[1]。吴哥窟190米宽的护城河，使疯狂的热带雨林放缓了侵吞的脚步。吴哥窟是整个吴哥遗产中保护最好的地方，也是最早得到人类（法国远东学院）精心修缮的城堡。如果不是有岁月磨蚀的痕迹，远远地，它就是一座簇新的城。

然而，当你去到塔布隆寺，就不由你不相信自己的眼睛——自然的力量就是这样绝对。经过清理、斩断的硕大树根，严实地盖住了几处殿门。在残根边上，有土壤的地方，就一定有绿芽冒出，无论再小的缝隙，它们都有本领将之逐渐扩大，最后将红壤砖推落，使建筑物坍塌。在吴哥城145.8公顷的土地上，绞杀榕树的种子，无处不在。它们在天空中像扇叶般不停地螺旋式下舞，带着“咻咻”的声音，优美的体态和小小的个子，根本不会让你想到，就是它们，将吴哥的一切慢慢割裂，撕碎。

在奔密列的莽林之中（虽然人们已经为清除植物工作了几年时间），更让人惊讶的事情出现在眼前。蓦然间，你会错认为自己是19世纪那个刚发现了吴哥胜迹的法国人[2]。虽然有一定程度的开发，这里仍然处处布满杀机。很多地方，

1 13世纪中叶，暹罗人攻占并洗劫了吴哥，高棉人放弃了他们的都城，繁华的吴哥从此湮没于方圆45平方公里的榛莽之中，成为被热带植物的根须缠夹的废墟，逐渐被人们遗忘。

2 1586年，方济会修士和旅行家安东尼奥·达·马格达连那（Antonio da Magdalena）游历吴哥，并向葡萄牙历史学家蒂欧格·都·科托报告其游历吴哥的见闻，被世人目为天外奇谈，一笑置之。1857年，驻马德望的法国传教士夏尔·艾米尔·布意孚神父（Charles Emile Bouillevaux，1823年—1913年）著《1848-1856印度支那旅行记，安南与柬埔寨》，报告吴哥状况，但未引人注意。1861年1月，法国生物学家亨利·穆奥（Henri Mouhot）为采集珍奇的蝴蝶标本，来到了柬埔寨。他乘小船沿湄公河上溯，来到洞里萨湖。在那里下船后，雇了4名柬埔寨人，穿过丛林向纵深进发。但4名柬埔寨人却不很情愿踏上旅途。原来他们听说，再往前走，就是“鬼魅横行的世界，它们将会使人迷途，并用一种可怕的热风将人们全部杀死”；还听说“密林深处有一座特大的城堡，因为恶魔的诅咒已数百年人烟皆无”。这反倒增强了穆奥的好奇心，终于，在原始森林中的惊人古庙被发现了。穆奥著书《暹罗柬埔寨老挝诸王国旅行记》，大肆渲染，他说“此地庙宇之宏伟，远胜古希腊、罗马遗留给我们的一切，走出森森吴哥庙宇，重返人间，刹那间犹如从灿烂的文明堕入蛮荒”，使世人对吴哥刮目相看。法国摄影师艾米尔·基瑟尔（Emile Gsell）是世界上最早拍摄吴哥窟照片的摄影师。1866年他发表的吴哥窟照片使人们可以目睹吴哥窟的雄伟风采。

你需要拨开树精的魔掌，时时提防它突然卷住你，才可以看到精美的石工；踩着在树根和藤蔓的纠缠中摇摇欲坠的砖墙，判断十几米高的大石堆上哪里是实，哪里是空，攀爬到庙堂的最高处，才能发现这处城堡的伟大——它的面积并不逊于小吴哥。准备好探险的心情和胆量，你就可以在自然与时间的轮回之中，触摸到吴哥的永恒。

也正是在这里，奔密列的密林之中，当所有的殿堂寺塔被树根缠绕出数不清的姿态，我才突然意识到，景哈村那些让我亲眼所见的、觉得最不可思议的树包塔、塔包树的传说（鸟儿衔来榕树的种子，落在得道高僧的舍利灵塔边。渐渐地，灵塔被完全包裹在大树的枝干之中。人们惊叹于大树之灵异，为了表达对守塔树神的敬意，继而绕树修塔），那些所谓殊胜灵异之地的诞生，在同样温湿的气候环境之中，不过是自然中极为普遍的现象而已。

之所以会清醒地反思关于宗教的神秘想象，大约是因为这些千百年前的宗庙建筑，几乎已经与现代柬埔寨人完全割裂了。几十年的苦难，尤其是红色高棉发动的、对异已的传统信仰系统所进行的疯狂灭绝，使人们不那么容易再去相信什么。与清迈、琅邦庙宇中的层层鲜花、清露、香烛相比，零零散散、以收香火钱为主的几个老太太在阴凉的走廊上所搭起的粗陋祭台，不再具备强烈的信仰意义。只有不知道是谁放在某个安静角落的小花，显示着残存在柬埔寨人心中的“灵光”。

有人担心，某天，吴哥还会被自然收回。谁知道呢？比起被人类毁尸灭迹，也许，那真是一个不错的归宿。

皇城的威权

吴哥是人类的杰作，是人给神的献礼，因此，吴哥的每一个细节，无不体现着神性。王国的统治者，诚心敬神，真心修道，他们要求臣民敬仰神灵，更

▼直到此时，众神的狂欢才刚刚开始。我们，人类，注定是看不到的。

希望自己有一天真的可以成为神佛。人类好像总是以无法企及的彼岸刺激追逐的快感。君临天下的王者，需要幻想中的“神”，为自己的生命提供更多的动能。

总之，在吴哥，你常常分不清自己究竟是在神的领地还是人的空间。吴哥所有建筑的基本结构都是佛教宇庙论的具体化：回廊围绕、台基层层增高的祭坛，象征世界中心的须弥山（中心佛塔），环绕须弥山的咸海（护城河）。整个城市的布局，是具有同样象征意义的微型宇宙——中心建筑是须弥山，护城的是宇宙汪洋。奠定这个基本结构的是一个婆罗门主祭司地婆诃罗（Divakara），苏耶跋摩二世王（Suryavarman II）的皇冠，就是他戴上去的。

在吴哥通往王城城门的两侧，二十七位天神（修罗）与魔鬼（阿修罗）跪坐着一字排开，高大威猛，守卫着帝国的都城。所有进城的人，都必须通过宏伟坚固的拱门——枕梁拱门是柬式建筑的典型特征，那个时代的石工还没有掌握券拱技术，所有的建筑都是用砂石砌成，石块之间无灰浆或其他粘合剂，完全靠石块表面形状的规整以及本身的重量紧紧结合在一起，这已有近千年的时光了。

阿布萨拉

阿布萨拉是“仙女”的意思。

阿布萨拉之于吴哥，犹如飞天之于敦煌，是整个城堡的“灵”。在雕刻着恢宏的佛教故事、战争场面、生活图景的壁画之外，在叹为观止的雄壮庙宇和繁复的装饰之外，阿布萨拉的存在，令吴哥不仅庄严、伟大、神圣，而且鲜活、性感、迷人。

仅仅在吴哥窟，便有三千多位阿布萨拉。她们神态衣着各异，光发型就有三十多种！或许是每个神殿的“气场”有异，或许是步入每座殿堂的心境不同，

▼传说，每一位阿布萨拉都是湄公河里的一朵浪花。

或许因为修筑年代的风尚差别，每个寺庙的阿布萨拉都有不同的气质。

巴戎寺的阿布萨拉，体态撩人，无一例外地微笑，神秘诡异，你甚至会为它们的性别迷惑；吴哥窟的阿布萨拉，表情最为丰富，近乎俗世，一如她们嘟起的嘴唇，个个肉感十足；女王宫的阿布萨拉，雍荣华贵，仪态万方，眼神温柔，人们把保存最完好的那一尊，称为“柬埔寨的蒙娜丽莎”。

传说,每一位阿布萨拉都是湄公河里的一朵浪花。柬埔寨可能是世界上唯一一个用“浪花”来形容女人的民族。或许是因为这个民族的女人，不止是像花一样的美丽、娇弱、不堪一击，同时也像波浪一样，充满了力量、速度和果决。自古以来，在东南亚的大部分土地上，女人虽然在社会上和家庭里谈不上有地位，但与大多数东方国家的女性相比，她们在社会与家庭中承担了更多的工作，拥有一些（但也很有限）自由、主见。在以稻米文明为中心的农业社会，作为下等工作的商贩买卖，多是由女人出面解决的。在更为古老的传统中，当一个男子长到20岁时，人们将他包着阴茎的皮肤拉起，用一柄利刃剖开，在皮肤内塞入十余颗锡制的珠子，缝上后并用草药使之愈合。看上去就像一串葡萄。如果他是王者，或是富有的人，则用黄金制成空心珠子，在里面放入一粒砂子，让其叮叮作响，这被认为是美妙的事。吴哥的阿布萨拉们，是否因男人们的行为而得到比其他东方女性更多的快感呢？真让人好奇啊。可惜柬埔寨人没有留下那段历史的任何文字记录。只是，她们绝对不会为了男人节食瘦身就对了，看看吴哥的阿布萨拉，你便知道那是一个以丰腴为美的盛世。

COCONUT
CRACKER

寻找尊严

吴哥壁画上的俗世生活真是非常可爱，马嘶剑鸣、皮撕肉扯的征战，骄奢淫侈的皇家出行，挥舞着器具的工匠，扭动腰肢的舞娘，农田里欢快的水牛，饭桌上的蔬果饮食……吴哥王朝的财富，曾经比欧洲大陆上任何一个国家所拥有的都多[1]。

那一个时代自在丰足的生活图景，在如今柬埔寨的国土上，几乎消失殆尽

1 公元6世纪中，真腊王朝对统治了这块土地6个世纪的湄公河下游的扶南王国（湄公河三角洲地区）彻底实行了反吞并，为吴哥王朝（公元802年-1431年）长达六个世纪的辉煌做了最好的铺垫。在湄公河下游盆地，依靠着洞里萨湖每年蓄积的小公河水的灌溉和交通枢纽，湄公河下游平原的稻田让25朝吴哥天子与百姓度过了几个世纪的富足时光。他们统治着中南半岛南端及越南和孟加拉湾之间的大片土地，势力范围远远超出了今天柬埔寨的领土。

了。柬埔寨是一个伟大的民族，他们拥有世界上曾经最强大的祖先，这无可厚非。同样无可否认的是，文化的断层也正尖锐地刺痛着这个民族的自尊。

前几天，和柬埔寨人打交道，神经常常处于高度紧张的状态。从踏入这个国家的第一分钟开始，就面临着一场接一场的斗争——这里看不到几个潜心向佛的和尚，却不缺少狡诈的商贩、刁钻的摩托司机、灵敏的小偷、死缠烂打的兜售员、敲竹杠的边境检察官和信口开河的旅行社。

去了吴哥，在那样宏图巨制的图景面前，会让你反思自己那些小国寡民、蛮荒不化之类的抱怨所具有的客观性。同时让你不禁疑惑：为什么吴哥王朝的精神气度没能在今日高棉人的身上得到延续？

无论乡村还是城市，柬埔寨到处都是小西哈努克亲王的肖像。众多政党宣布势力范围的党支部标牌也随处可见。既得利益的保护者和腐败者，没有从根本上改变柬埔寨人的生活处境，在擦肩而过的柬埔寨人的脸上，我试图寻找消逝在丛林石塔上的神秘微笑，终于没能成功。盛唐的风采不再，可是能背几句唐诗的中国人，从未消失过。吴哥王朝自身没有留下可考的文字，以至于有一种可笑的观点认为吴哥窟是外星人建造的，那么吴哥王朝的端庄与尊贵是不是也被外星人带走了呢？

已经做好了怅然若失的准备，却没想到皇宫博物馆是如此让人失望。虽然不乏来自柬埔寨各地的佛像精品和部分家具，不过和西方国家的博物馆中的吴哥藏品相比，其内涵实在可怜，而且陈设方式与条件都过于草率。国家的皇宫就坐落在湄公河畔，是当年法国人为扶植的傀儡政权所修建，融和了些当地建筑特点的大门大窗、东南亚式的翘角飞檐，整体而言，基本上是法式宫殿的简体版。著名的银塔和镀金的绿度母像，在我们这些中原人的眼中，很难引起强烈的观感。后花园的大小，只有一般中国江南富贾人家的一半左右，也没了解到有何深刻的内涵。反而是管理人员态度之粗暴，让人印象深刻。小吃摊上的游客，对柬埔寨人的食物：油炸蟑螂、蝙蝠、蚕蛹、幼鸟表示出极大好奇时，

▼最美妙的在街头，最恐怖的也在街头。已见识过北宾小镇上浸泡着青蛇、蜈蚣、乌龟整瓶药酒出售，更惊悚的遭遇是在湄公河边的柬埔寨皇宫广场上，有很多卖油货的摊点，它们的招牌是炸蝉蜕、蜈蚣、蟑螂和蝎子。

得到的往往也是那种万分嫌恶的表情。

无论是吴哥的景点区还是金边的皇宫广场，你都能看到一群人守着一个摊子，偌大的摊子上只摆四个鸡爪、五袋零食或七八个用食用油瓶子装好待售的柴油、汽油。相反的是，这里的人们还有极其伟大的见缝插针的本领，一个人骑一辆摩托至少可以载上一百只鸡，一辆小卡车可以装上大于车体体积一到二倍的陶罐……在金边市，城市的格局是由不同的市场划分的。每个市场都只售卖同一类型的东西。摩托车零配件或者米面油杂货或者假古董，全部都堆出铺子外面，挤得走道仅容两人侧身而过。即便如此，也有摩托车在中间肆无忌惮地穿行。在那里挤上一圈，你想不成为一个火气冲天、焦躁不安的金边人都难。

在柬埔寨的一个星期，极少能在成年人的脸上看到令人安心的笑容，无论是广场卖青莲花的女孩、头顶着盛满小吃的竹篾盘子的妇女和用长砍刀割冰切椰子的摊贩……二三十年前的战争和屠杀，深刻地烙在了柬埔寨人的脸上。除了孩子。如果说柬埔寨有任何希望，那么希望也在孩子身上。

还记得MASSAGE HOUSE里的小伙计，追赶我们到河边，将遗失的手表归还。说谢谢时，我看到了在柬埔寨的第一张笑脸。在塔布隆寺的矮墙上，一伙卖明信片的少年和我开着玩笑，英语流利——事实上吴哥三四岁的孩子，也能和游客讲流利的英文。

“嘿，小姐，你不像朱莉一样带走点什么吗？”

“为什么，谁是朱莉？”

“你难道不知道《Raiders of the Lost Avle》，老天，你是地球人吗？”

孩子们一群哄笑，也不像要做生意的样子。过了半天，我转了几个弯才想起好莱坞的那部著名电影《夺宝奇兵》，这群坏小子。

忘记是哪间寺庙，只记得那是个很阴凉通风的小殿，我在拍照，小姑娘坐在石桌上，轻轻地说：有糖吗？有笔吗？有饼干吗？有创可贴吗？她也不看

我，就好像是对着手中把玩的那朵白色小花说话。最后一个：BANDIT，一下打动了我，让人无法拒绝。

圣剑寺正门的神道，如今已变成一片密林，凉风习习。一个七八岁的女孩，除了一双沾灰的赤脚，一幅乖巧干净的样子，支着小胳膊在白纸上写写画画。我凑上前看，她头也不抬，继续画她的。圣剑寺的正门，是典型的吴哥城门。巨石垒出拱门，拱尖的四面，完全是由石块的凹凸起伏雕刻出的四尊佛像，城墙上的石缝里还有树与灌木。她一笔一笔地勾勒，从构图到线条，都非常到位。

我看了好几分钟，也不敢多打扰她，突然，响起个奶声奶气的声音："小姐，你喜欢这幅画吗？"

她并没有抬头，我还以为是别的孩子过来了。"当然，我非常喜欢，你画得太棒了！"

"那么，请你买下它吧。"她还是没有抬头。

"NO，但是，但是我想你会成为一个画家。"我一阵大窘，走开了。

"谢谢你。"

从始至终小姑娘都没有抬头看我一眼。因为怀着警戒的心理，我习惯了对任何主动卖给我东西的人说"NO"，当时，亦是一种条件反射。可是，某些我自以为是的骄傲，被那个小姑娘生生地比了下去。直到今天，我都非常后悔没有买那个小姑娘的画。

面对死亡的肖像

落日余晖下，湄公河畔有不少殖民时代留下的豪宅，彰显着令人吃惊的颓废与奢靡。象群从皇宫门前的大道上走过，鸽子满天飞舞。不远处的越柬友好纪念碑上，两国的国旗嵌在石头里，牢不可破。

事情当然不如表象所显示的那么简单。柬埔寨百姓对越南人的态度则很含糊。他们也曾欢庆越南人帮助自己从红色高棉的屠刀下解脱出来，但救星不是完全的天使，一旦确立占领与被占领的关系，被统治一方的仇恨和对抗自然便会滋长。

同样的剧情总是不断上演，屠夫和统治者如走马灯一样轮转，被屠宰的却总是底层的百姓。1975年，红色高棉解放金边时，也曾受到百姓的欢呼。沉浸在喜悦中的人们，还没有意识到这只是历史给柬埔寨人民开的一个血腥玩笑。被迎进城的红色高棉在四个小时之内便开始清洗欢迎他们的市民，这项清洗几乎是不加选择。两百多万人被迫下乡劳动，上千人死于这项即兴的“长征”。短短一个月之间，金边即变成了一座空城。柬埔寨成为一座名副其实的监狱农

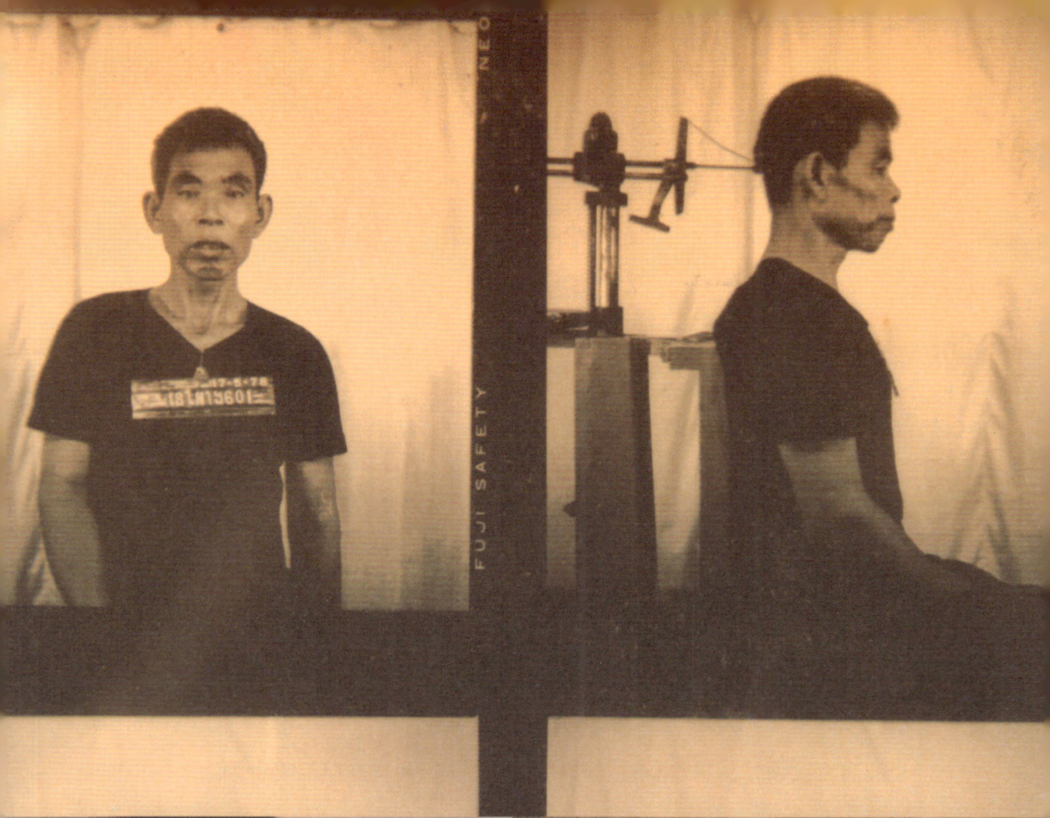

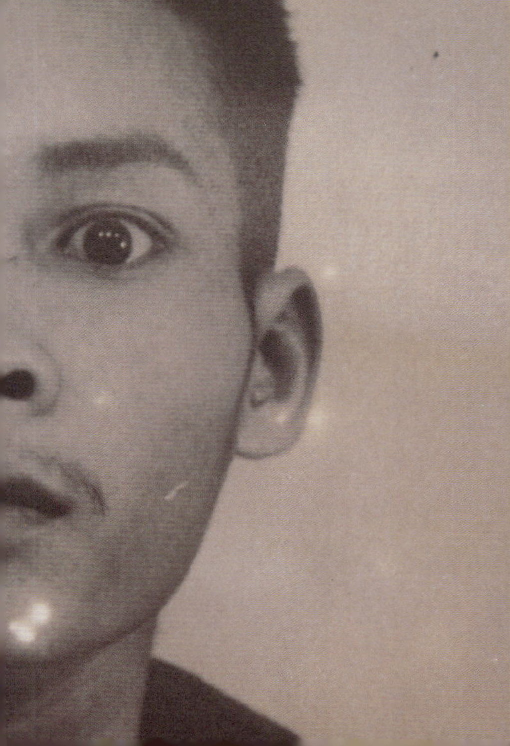

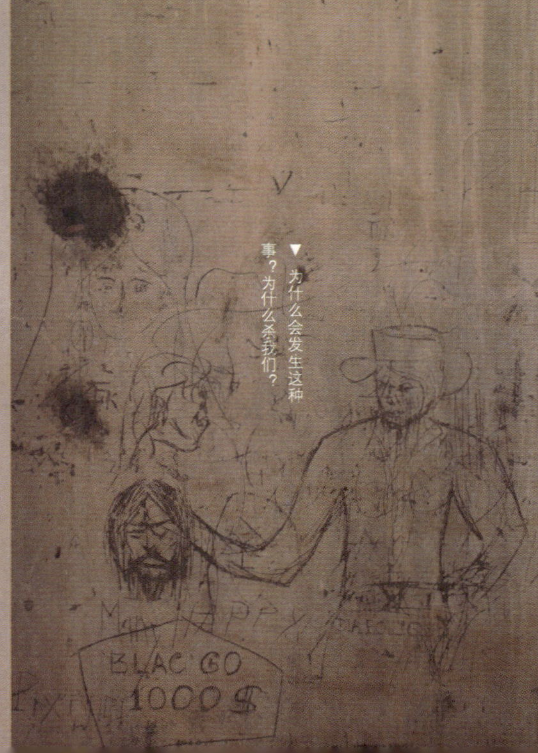

▼为什么会发生这种事？为什么会杀我们？

场。不知有多少幕妻离子散的人间悲剧在不断上演。

此刻，我站在一所曾经的中学校园里，四栋三层的校舍教室环绕操场，从外表看来着实平常无奇。唯一特别的是四周波浪状的洋铁皮围栏，一栋楼从上到下布满了双层铁丝网。石灰白墙、黄色地砖、操场上有树、秋千架，仿佛铃声一响，就会有成百上千的孩子会从一扇扇门中涌出。

这才是真正让人毛骨悚然的所在。

1975年4月到1979年1月，从波布当权到越南人攻占金边，从那扇门中走出来的不是欢歌笑语的孩子，而是被拖去万人坑的死囚。S21监狱是这所中学的新名字，曾是波布当局的最高机密。当乡间的谋杀进行得如火如荼时，罪名较重和被控叛国的人，在毫不知情的情形下，被秘密送往S21拷问囚禁。关进这里的一万四千二百名在册“人犯”，世人所知只有七个人活了下来。

这所监狱的典狱长叫做DUCH，只有三十岁左右，原是一名中学教师。他受波布直接领导，用残酷的方式对“人犯”进行逼供。DUCH对他们的工作内容有详细的记载，包括审讯手册、犯人的自白书、审讯者(很多时候是他本人)对自白书的批注。逼供出来的自白书显示，“人犯”长期受雇于外国政府从事叛国活动，多半荒谬无稽。

“拷打的目的在于获得口供，不是为了好玩。一定要(只要)让他们觉得痛，他们招供才会痛快。另一个目的是让他们意志崩溃……”(S21审讯手册)

“一个护理人员承认了自己的‘叛国罪’：我把药物好好地收藏起来，可是放在冰箱里的药全坏了，因为停电的时候我没有尽到我的责任，这很清楚地证明了我对党、对革命以及对人民的多重破坏行为。”(“人犯自白书”)

“1976年9月25日，我们接到组织的用刑命令，于是早上用细藤对犯人打20下，下午则以电棒电击20到30次。”(审讯者在“人犯自白书”上的注)

“人犯”的照片，如今有一部分陈列在监狱的囚室之内，他们自从进了S21，便失去了姓名。拍摄者姓名亦不详。从侧面被拍的照片可以看出，所有人的脑

后，在拍摄时都有一个铁架固定头部的位置，以使照片拍出来正好合乎标准。在被镜头冻结的画面里，他们瞪着逮捕他们的人。而三十年后，他们也同样注视着我们。他们的骨头在叫喊，肉体在呼唤。他们的表情痛苦而扭曲，似乎在质问逮捕者："你是谁？我为什么会在这儿？"也在质问我们："为什么会发生这种事？为什么要杀我们？"这些照片不需要文字来说明，他们强迫观众去思考，甚至比书更能说明柬埔寨的历史。他们是历史的受难者，他们大多数是普通人，也有赤军连的高阶层分子。一位抱着婴孩的短发女人，看介绍上说是位外交部长的妻子——是的，就连高级官员及家眷——哪怕是孩子也逃不过这场劫难。

最让人触目惊心的是几版头戴军帽、满脸自豪的年轻人的脸孔。那应该是红色高棉士兵入伍时的纪念照片。那是曾经满怀理想的面孔，对明天充满憧憬的面孔。他们微笑着面对相机，眼睛里充满了对拍摄者的信任，他们以为自己即将参与的是一项伟大的计划，解放、建设自己的祖国。他们微笑的时候，不知死神已掐住了他们的咽喉。他们没想到，这些曾经让他们倍感骄傲的照片，被无情地撕下贴在了他们走进S21监狱——死亡的登记表。

红色高棉的大清洗疯狂地进行了四年。酷刑、逼供的后果，是使无数无辜者被牵连，战友在一夜间成为敌人，昨日的浴血奋斗变成了更无情的自相残杀。国家的神经，基本崩溃了。

这个博物馆，是越南占领那年年底由东德人帮忙修建的。无论如何，柬埔寨人勇敢地面对了他们不愿去面对的历史。纪念，是为了不忘却，更为了不让同样的悲剧再度上演。不知这样的梦想会不会实现。我终于明白，为什么在柬埔寨，你不容易看到人们信任的目光。这里的每一双眼睛都曾注视过也许比S21更为凄惶的面孔。那面孔，或是他们的父母，或是子女，或是难友，或是为了节约子弹而抡起木棒打碎他们头颅的凶手。

从旅馆到船码头，车夫多收了一倍钱。一点也不想讨价还价。这样的收

▼石灰白墙、黄色地砖、操场上有树、秋千架，仿佛铃声一响，就会有成百上千的孩子从一扇扇门中涌出。

费，应该够让他和全家人吃几顿安心的晚餐。我的脑海中一直无法抹去S21墙上挂着的那些照片。我们拍照，也被别人拍。当彼此的视线交会时，我们也可能成为牺牲者、犯罪者或过路人。金边人、柬埔寨人经历的苦难和折磨已经太多。活下来的，不管他是昨天的受难者还是施虐者，足够了。能安静地和家人吃顿饭，早晨看孩子笑着走进不再是监狱杀人场的学校，该是件多么美好的事情。

高棉文化是否能够在血腥之中涅磐？历史不只是昨天的故事，它依然可能流淌在今天的血液里。我渐渐理解了守候在景点门口的那些迫不急待的车夫和杂乱无章的市场，理解了那些不怎么友善的柬埔寨人。金边百废待兴，吴哥王朝的辉煌不知什么时候能再现于世，祝福你们，高棉的子民。

1 我们必须广义地去看待这些照片及自白，视它们为令人沮丧的人性之泯灭、热情之误导、偏执狂幻想症之具体及希望之错误的证明。然而，S21却是彻头彻尾的人的世界，那里所发生的一切固然邪恶，但我们所知道的这些照片、自白书或监狱的动作方式并非来自另一个星球。因此这些照片除了令人害怕、作呕、生气之外，它们也在大声求取我们的同情和谅解。（摘自阮义忠先生主编的《摄影家》杂志二十一期「面对死亡」特刊）

越南

我的心，如同这水色一般，从浅灰色变成了红色。那些漂浮其上的腐朽的枝桠，在这里完全消失了。想紧紧抓在手中的东西，爱，人，意义，在指缝与指缝之间，四处失散。还没来得及听见奔跑的声音，这河流就长成了一片蔚蓝色的海洋。

湄公河三角洲
唐梅小镇
水上市场
占婆
胡志明市

湄公渡

是不是任何分裂，都必须先经过痛苦的挣扎，都已经预知了自身的强大?

湄公河至柬埔寨上丁小镇开始，就已初现大河的气象。水面宽阔，河道的流向诡异，常常分不清哪里是她的边界。穿过柬埔寨洞里萨河谷的密林，来到金边，在一望无际的平原之上，她舒展得更为肆意。即使在枯水季节，仍然一泻如注，若是涨水季，想必她一定具备使大地倾斜的力量。她那美丽青绿的水色，也渐渐被稀释，河水发白，无论是阴雨天还是艳阳天，水面上都罩着一层雾气。垂直烈日，温度却并不因雾气阻隔而降低。河的两岸仿佛隐没不见了。这一段航程少见船只，也没有风。快艇的马达发出巨大而枯燥的声响。嘈杂，沉闷。于是昏睡。梦见了一个隐蔽在薄霭后面的村庄。

我的目的地是越柬边境小镇朱笃。

在那里，湄公河分出九条主要水道。无数的江河湖汊，如蛛网一般纵横交错，罗织出一片片沙洲小岛，世界上最富庶的三角洲就在前面了。

“这里是大地上最大的三角洲，是乌黑淤泥地。河流在这里汇合流向吉大港。她已经从山道、森林走出来了。她已经离开了贩运茶叶行人往来的大道，走出赤红烈日照耀的地区，三角洲展现在前面，她在这开阔地上急急走着。她所选择的方向正是世界旋转的方向，迷人的辽远的东方。有一天，大海出现在她的眼前。她惊呼，她笑，像飞鸟发出神奇的叫声那样放声大笑。”

不知拐过了几道河弯，黄昏降临。它来得那么妥帖，油蜜一般的色调，把梦境送到眼前。村子在岸边，也在水上。比梦里还要静，还要暖。水面上漂浮着货船、渡船、渔船、船家以及近水岸的“房子船”（后来知道有很多是渔场）。河水泛上船沿，汹涌向前，几乎要将一切淹没，人们脸上却是泰然自若的样子。每一艘船，无论大小，船头船尾船顶上，只要有空闲处，都养着花草。人们爱把货轮的头上用红颜色刷成鳄鱼头的形状，以示吞掉一切风浪。四方轮渡上挤满了人和自行车，虽然沿边围挂着一圈黑轮胎，却也像只小舟，在尾部用小发电机带动一根长长的三叶螺旋桨。捕鱼的男人们，赤裸着黝黑的胸膛，撒下的网大得能把自己和小扁舟都装下，他们还要不时向外舀水。不过即使翻了船，也没什么大不了，扎个猛子扳正就是。船家的女人们不是在收船顶的衣服，便是在舱尾准备晚饭，踏实的人间烟火盖过了从不远处的稻田和果园沁来的清香。“房子船”的外层，近水岸的滩涂，七歪八扭的木桩撑起了吊角楼。再远一些的岸上，也多是木房。偶尔一座砖房，必定被刷上红黄之类的鲜亮颜色，且至少有两三层楼，骄傲得似乎要把鲜亮的窗户炫到水面上去。无论是什么房屋，每家房顶上都竖着一根一模一样的十字天线，无穷无尽。天际的霞光越来越深沉，此刻，它们更加神秘，组成了一座迷宫。

房屋随着镇甸的繁荣不断向河心迫近。到朱笃镇的时候，湄公河已被架在水面上的房子团团围住，成了一个小池塘。河流两岸分别是新城和旧城，人们搭着渡轮来来往往，日复一日。旧城的岸边是一溜儿花枝招展的水上餐厅，人声鼎沸，渡口的汽笛声几乎被淹没了。

“那是在湄公河的渡轮上。

在整个渡河的过程中，那形象一直维持着。

“那是在湄公河的渡轮上……”

那次渡河是在交趾支那南部遍布泥泞、盛产大米的大平原，即乌瓦洲平原永隆和沙沥之间从湄公河支流上乘渡船过去的。”

戴玫瑰木色平沿黑边男帽的白人少女，遇见了浅色柞绸西装的中国情人。我的船在湄公河上漂流，一天、两天，一个月、两个月，一直从中国漂到了越南。我脑海中始终无法停止对杜拉斯的小说《情人》中经典邂逅的想象。然而，当我真正乘着渡船，从芹宜到永隆，这样浪漫的情景不仅无法找到，甚至都不愿意再想起。

永隆完全是个节奏急迫的城市。在下湄公河宽阔的水面上，共有八趟六米多高一二十米长的巨型封闭渡轮在来来去去。在渡口等待时的微妙心情，已不再存在了。汽笛的催促声中，人流像潮水一般涌过贴满可乐、TCL电器、蚊香以及杀蟑螂广告的铁皮通道。轮渡上层，只有像我们这类从旅游大巴上下来的游客。轮渡的中间，停着大客和汽车。最前方则是骑脚踏摩托的当地人。男男女女，统统戴着墨镜与运动帽，女人还要格外加戴各种花色的口罩——人们无法看清彼此的脸。渡轮还未完全靠岸，所有的人都踩下踏板，发动轮机，然后一溜烟冲上斜斜的堤岸。

在上湄公河，从永隆开往美荻，亦是年幼的杜拉斯到胡志明市上学的必经之渡。1991年，《情人》中真实存在过的情人，中国抚顺富家少爷李云泰，传来了病逝的消息。

“整整一年，我又回到了在永隆的渡轮上横渡湄公河的日子。”

相片中，杜拉老了，她有一张她曾预见过的“倍受摧残的容颜”。她不会想去预见湄公河上的变化。现在这一段湄公河已不需要轮渡了。澳大利亚援建的链子桥，据说是悉尼大桥的翻版，虽然简陋些，但足够使人放心安全地通过。又有一座日本援建的桥，正在修建。此后，将有更多的大桥在湄公河上架起。时间再一次因为进步而被节省，却也在节省的过程中丧失了。那段“使我生命中的其他爱情黯然失色”，“甚至有种在肉体上也取之不尽”的爱情，失落在这个完全改变的、疾速而又繁忙的河流上。

▼在整个渡河的过程中，那形象一直维持着。

我的名字是“NO NAME”

我在路上遇见了某个人。

很奇怪的，我或是常常会忘掉旧同事，或是很久认不出新同事，但路人——虽然大多不知道名字——却往往令我印象深刻，并在我心中埋下更深的感情，他们的故事也往往给我更深的教育。

NO NAME是我唯一记得名字的越南人。他长得有点像李南星——一个在我初中时代很红的新加坡明星，一头微卷的齐肩发压在一顶土黄色的棒球帽下，穿同色的T恤和短裤。起初，我们有一段有趣的对话：

“What's your name？”

“No name.”

“What？ Your name is no name？”

“Yes. My name is no name.”

于是，连同他的名字，我深深地记住了NO NAME——诺男。他骑摩托接我们去芹宜乡间的唐梅小村。穿过闹哄哄的市区，郊外三五米宽的柏油马路上，挤满了人、自行车、摩托车、乘客悬在车外的TUTU车、运粮的水牛车。沿路都是丰收的稻田，人们在收割过的田原上扬稻。偶尔会见到一些搁置在浅滩上的渔船，还有洼地里的吊角楼。雨季时，它们就浮在水面上。NO NAME一路穿梭自如。只是顾虑到我摔伤的背，每每路面稍有坑洼，他便提前减速，平稳滑过。

NO NAME与我同年。他没有念过大学，但英文非常好。从他的谈话中能够感觉到，他身上似乎每一个毛孔都在向外探寻，寻求新的知识、新的信息、新的机会。他问我很多中国的事：

“你们有多少机会念大学？”

“你们最需要的是哪一类工作？”

“年轻人每天如何过夜生活？”

……

他跟我说越南的时候，常常会带有一种冷幽默。略带自嘲与希冀的谈话方式，似乎是越南人的民族个性，我想起朱笃附近被当地百姓戏谑为“百万美元山”的蓝山，因为美军在那里投射过昂贵的炸弹而得名。战争给越南人带来过多大苦难，他们就以（或者说必须）多乐观的心态来面对生活。

NO NAME说：

“我们无需准备四个季节的衣服，这省下了许多资源和布料。因为，我们就生活在唯一的季节中，同样的炎热，同样的单调，既没有冬天，也没春天，也没有季节。

“像我这么大的男人，很多都结婚了。我当然有女朋友，可我还没想到要结婚。男人不像女人，你们女人都希望男人赚更多的钱，我们只好听命，不是吗？

“我们这里旅游业发展得很快，工厂也越来越多。我的理想是开一间大旅行社。

“网络非常发达，即使在我姨妈家，我也可以通过INTERNET了解世界，哦，就算那是真的世界好了。”

……

这次的目的地，正是NO NAME的姨妈家。我们七弯八拐绕过数条细细的河水，经过数架弯的、直的、铁的、木的小桥，走过一段长长的仅容一人一车通行的乡野土路，终于在一所水红色的三层楼房前停住。

“到了吗？”

“还有十分钟。”

这里已然连自行车也过不去了，人们在旺盛的杂草中踏出一条土路。路过一个小渔场时，NO NAME指着门外连着管子的巨大圆铁盒说：“这东西非常贵，然而，养鱼贩鱼的生意也非常赚钱。”言语中甚是羡慕。踩过一座两根木头搭的小桥，又过了一座真正的“独木桥”——一根枯木和二根扶手竹子，当地人叫猴子桥，形容过这样的桥得像猴子一样四肢并用。NO NAME的阿姨家就在彼岸四面环水的“小岛”上。

不需要赶路，也无路可赶，这是湄公河上最悠然的一个农家午后。知了不停地叫，狗在阴影里打呼噜，公鸡踱过“猴子桥”去村里玩耍。茶壶放在椰子壳做的保温罐中，熟透的香蕉、龙眼、菠萝蜜，沉甸甸地结在房后。在粗壮的胡椒树之间，结有四个布吊床，我们躺在上面看NO NAME的盗版英文书。后来，我发现这种“同步发行”的盗版书在胡志明市的大街小巷成整板车地叫卖。

傍晚，NO NAME带我们去村子里散步。农人在果树上倒贴着“福”字（汉字）。果树后面是整片的稻田。夕阳给成熟的稻田镀上了一层金子。水流穿过沿河稻田中停滞的水面。这河水，是上帝对这片土地特别的眷顾。

“湄公河顺流而下几千公里，水流所至，不论遇到什么都给卷了去：茅屋，丛林，熄灭的火烧余烬，死鸟，死狗，淹死的鸡，水牛，溺水的人，捕鱼的饵料，长满水风信子的泥丘……”

一切全在这里停滞住了，在抵达太平洋前的最后一站，它们化作乌黑的土壤，滋养这里的生灵。甚至连老鼠都被养得肥大巨硕，且通识水性。仅这一个小村子，便盛放着无数丰美的植物。即使在荒年，这里的人也能用水里的小鱼小虾充饥。NONAME说，雨量最大的季节是每年十月里的两三个星期，稻田受潮水的侵扰，房

▼到底是为什么，我们要去旅行。是为了寻回过去还是为了找到未来……

屋也被淹没，整个村庄变成汪洋一片。鸡鸭猪狗就在房顶树上讨生活，而人就睡在吊床上。“只是两三个星期，很快，一切都会恢复原样。洪水把一切浸透的同时，也给我们带来了鱼虾，和一整年的好收成”。不需要吊角楼，人们已经习惯了这般节奏的生活。

如果说雨季给这里带来什么不同，大概会是那些粉刷得雪白的石墓。石棺有不同式样，但无一例外地凸立在地面上，想来和年年发大水有关。碑文最上方，是代表生死轮回的标志，表明这家人是虔诚的佛教陡。和中国汉族农村一样，每个村子里风水好的田间地头，都有墓群。也和中国人清明扫墓类似，越南人在洪水退后的第一件事便是粉白石棺。越南人对祖先的尊敬和追思，用这种簇新甚至是喜庆的方式表达出来。这也是这个民族的习惯与传统。每逢家族祭日，女儿媳妇们一大早就开始在大哥或大姐家准备饭菜，儿子女婿在一起喝茶聊天，最后，一家人会高高兴兴地围坐着吃顿团圆饭。 黄昏持续的时间十分短暂。NO NAME说：“在雨季，几个星期都看不到蓝天，天空浓雾弥漫，甚至连月光都难以穿透。相反，在旱季，天空裸露在外，即便是没有月光的夜晚，天空也是明亮的。”

“晚上，我带你去看萤火虫树。”他从树上摘下一个像桃子一样的青果，递给我，笑着说。

晚餐异常丰盛。忙碌的哥哥和叔叔回来了，还带回了一对维也纳夫妇。我们打开电瓶灯，在树下的石桌上吃饭。NO NAME的哥哥是另外一个有理想的年轻人，他在学生时期非常优秀，却因家境贫寒无法继续深造。现在，他白天干农活，晚上还要学英语。酒过三巡，我突然想起来，“萤火虫，我的萤火虫树！”

“跟我来。”

我们摸索着朝稻田的方向走，来到河边的石椅旁，NO NAME做了个标准的绅士动作：

“小姐，请坐下吧。”

“坐下？萤火虫树呢？”

▼如果说雨季给这里带来什么不同，那便是这些每年洪水退后都要被粉刷雪亮的石砦。

“嘘！你先坐下，请闭上眼睛。”

我将信将疑，但还是听从了他的话。

有一百种鱼蛙虫鸟的歌唱，从田间水中飘出来。我沉浸其中，仿佛身体的每一个细胞被这些奇妙的乐音一瓣瓣地打开。

忘记了一切，我慢慢地伸开双臂，昂起头，呼吸着大自然神妙的赐予。

眼前有微微的光。慢慢睁开眼睛。河边那棵高高的胡椒树上，有成百上千只萤火虫，在叶子间一闪一闪，似梦似幻。

人会因为这样的喜悦流下眼泪，你相信吗？

早安，越南

我就睡在河面的露台上。清晨，公鸡在草棚顶上打鸣，随后又冲下来追逐着什么，青蛙“扑咚”一声跃入水中。鱼在身下河水中悉悉索索地争食。我在田野中醒来，透过白色的纱帐，看到露水浸润了竹栏，滴落在叶子上、花朵上。新的一天如此完美地开始了。

早安，越南！

越南的早安，是NO NAME的阿姨早起揉到那个受伤的男孩脸上的鸡蛋——因不小心跌倒，他的脸上撞出了个紫黑色的大包。据说，无论走到哪里，只要被越南的女人们见到，都不免被咦呀呀地惊叹疼惜一番，并得到一个敷伤的滚鸡蛋。

越南的早安，是上学的白衣少女们“叮呤呤”的车铃声，晨风撩起她们乌黑的长发和洁白的裙裾，仙子一般飘在新绿的田原上。

越南的早安，是从一杯咖啡开始的。街头岸边，人们用口杯大小的两层铝制过滤器做咖啡，加了糖，倾入一杯碎冰就成了冰咖啡。配上夹着火腿和蔬菜的长棍面包，气定神闲坐等一个上午的过去。

越南的早安，是水上市场拥挤的船只和热闹的交易，是水面上撑着舟子、衣着鲜艳的女人，是她们工作时愉快的歌唱。

“有谁知道米田有多少禾苗呢
河有多少湾流
云有多少云层
谁能扫清林中落叶
谁可叫风儿不吹动树身
蚕要吃多少片桑叶
才可为过去织就一身彩衣
天上要落下多少雨滴
才能让大海盛满泪水
月亮要经过多少岁月
才会苍老
夜正浓
月儿当空 照我身旁
偷走我心的人呀
……”

少女在莲塘歌唱，勾起了毁容的诗人对阳光和情人的念想。阳光在水上市场，情人亦在水上市场。这首歌，正是水上市场忙碌的女人们所钟爱的歌谣。几十年来，诗人闭户避光，终日生活在阴影中。只有在梦里，他才敢回到活色生香的水上市场，梦见为了一个姑娘，放了一湾的白莲。这是越南电影《忘情季节》中的一个故事。水上市场在三角洲人的心中，是美好与火热生活的全部象征。船则到现在都还是必不可少的交通工具。

到水上市场交易的船只络绎不绝。码头咖啡和长棍面包的美味，让我错过了早集。仍有从四面八方赶来的农民，运载着满船的瓜果蔬菜，刚到这里。他们根据大船船头那高高桅杆上挂着的札幌，判断把船驶向哪边。那些札幌，或是一串香蕉，表明这家专门收售香蕉，亦或是一棵白菜、芒果、萝卜、蒜头……分类非常细致。那些不便在船上交易的，如家具电器，则在两岸的吊角楼商店里。

这个水上市场的旅游开发已非常成熟。兜售可乐、油条、鲜果等食品的商贩，追逐着游船，手脚棍竿并用，攀住船帮，靠拢过来。从一个老奶奶那里，用不到一块钱人民币，便能买到小时候常吃的米糕。因为制作麻烦而又廉价的关系，如今在家乡的早餐摊上很少见到了，吃得感动！女人们一队队撑着空船，寻找着游河的客人，她们大多有灵动的腰肢和浓密的长发，穿着一套花色鲜艳的长袖薄纱衣裤，眼睛以下蒙着花花绿绿的口巾，有一股神秘的野气。

第七感胡志明市

我们所走过的路，有很多人早就走过。

你信不信，经历故事中的故事，这二手的人生，或者说先验性的人生——我把它叫做第七感觉，便是宇宙的客观所在。可宇宙又是个多么吊诡的游戏者，它会偏偏让你认为，再也没有比你们更不可思议的相逢，再也没有比你们更痛彻心肺的爱，再也没有比你们更凄惶无奈的别离。

“开船的时刻到了，三声汽笛长鸣，汽笛声拖得很长，声音尖厉，全城都可以听到，港口上方，天空已经变成黑一片。于是拖轮驶近大船，把它拖到河道中心。拖过之后，拖轮松开缆索，返回港口。这时，轮船还要再一次告别，再次发出那可怕叫声，那么凄厉。让人觉得神秘难测，催人泪下，不仅旅人下泪，使动身远去的人哭泣，而且使走来看看的人以及没有明确目的来到这里的人、没有什么可思念的人听了也落下泪来。”

“轰……轰……轰”，汽笛的声音如此清晰绝对，足以吞噬所有其他声响。在湄公河与南中国海交点，停泊着成百上千只大船。即便是巨型远洋海轮，船头一样漆着御水的怪兽，一样是热烈浓艳的色彩。它们的嘴巴浸在水里，我并不知道他们将驶向哪里，可是，我知道，一切，都不会再有了。

在东桂路尽头的“RIVERSIDE HOTLE”门前，我丢了。那是湄公河全程最繁华的一条街道。橱窗里的奢侈品牌与纽约、巴黎、香港同步上市。沥青铺面的马路，足有四条车道那么宽。至少有十行摩托车，密密麻麻从我身边呼啸而过，晃花了我的眼睛，晃聋了我的耳朵。不，也许不是摩托，是她们，我清清白白看到了她们：酒店门口倒上三轮车的艳妆小姐(《忘情季节》)，夜总会里不知所措的素衣女郎(《西贡小姐》)，中国檀木雕花床上裸身的白人女孩(《情人》)，吊着白肚兜的长发少女做着瑜珈的姿势(《夏天的滋味》)……在印度支那长大的女子，因为雨水的滋润，都一般的柔美纤巧，也如雨水一样有着难以控制的力量。因为有了她们，胡志明市才是一个伴着汽笛声浪到高潮的城市，你以为那是快乐的叫喊，细细聆听，更似隐隐的呜咽。

这是我身体里早早寄居着的一半胡志明市。

“沿着草坪和花坛停着一溜溜鱼雷形敞蓬出租汽车，闪闪发亮。这些草木翠绿鲜花盛开的街道。在罗望子树的浓荫之下，遍地都是宽大的咖啡馆露天座。闪光的汽车、橱窗、洒过水的碎石路面，白得刺眼的西服，清新湿润的花坛把上城区装扮成一个魔力无比的妓院。”

一切，都没有太多改变。我来到此地，不过为了验明正身。一切都还腌泡在杜拉近一个世纪的记忆中。夜半酒店门前的女郎，有猩红的指甲、黝黑的眉毛、浓密的头发。她们裸露着纤长的腰身和细嫩黝黑的皮肤，艳唇吹破残雾，从我身边摇曳而过。我的肋骨“嘎嘎”争辩着它们断裂的原因，一阵尖厉的刺痛，拉我回到马路

▼在印度支那长大的女子，因为雨水的滋润，都一般的柔美纤巧，也如雨水一样有着难以控制的力量。

▼因为速度飞快而失去焦点，我的脑中只留下了虚晃的照片。

中心。不知身在何处。我用手支撑着腰。我想寻找某一个人，某一样东西、某一件事情——或者，我丢失的那块肋骨。

我真的想找到1950年代的胡志明市人家。导演陈英雄的家。青木瓜滋味里的胡志明市。

青木瓜从绿枝上摘下了，嫩绿的梗上立刻溢出乳色的浓稠汁浆，滴落在青翠的叶子上。细长的切刀，亮得要泌出水来。刀背在木瓜身上轻轻敲击，笔直划开两半，珍珠般的籽粒马上涌出，映着帮佣少女光洁纯真的笑面；绸衣衫的持家太太始终无法参透丈夫的二弦琴；老仆妇每天早起的第一件事情是烧香请愿；二十年的经堂木鱼无法缓解老太太亡夫的伤痛；老派人家深色柚木的房子、地板、曲径通幽的回廊，以及条案上牡丹富贵的中国瓷瓶；新派人家的蓝色百叶窗子、印象派油画、高棉佛雕像和钢琴；宵禁的警报；青蛙、壁虎、知鸟、大红蚁、叫蝈蝈……

这是一半遗失的胡志明市。除了满街的电线杆子糊着花花绿绿的饭馆广告，和巷弄子里冒着热气的米粉锅子、剃头摊子、缝纫摊子、煎饼摊子。胡志明市的味道，疾速消失在被电缆划裂成太多的碎片的天空，消失在满街奔驰的摩托车背上。摩托车载着大大小小男男女女胖胖瘦瘦的人，他们戴着千奇百怪红绿青蓝紫HELLOW KITTY流氓兔闪闪红星的口罩，拉着轻轻重重高高低低长长短短的货品，如没头苍蝇般发出十亿苍蝇集合所产生的震响，轰隆隆奔向他们自己才能明白的南北西东。

这里已不是胡志明市。不是在进城前的暮色中，我看到的那座安静小巧的城。这里是胡志明市。改革开放的浪潮吞没了每一个角落。

狭窄的西贡河，划开城市与乡村的界线。空中密密支起的电视天线，像女娃娃翘在头上的发辫。汽车是从堤岸区穿过的。各路嘈杂声也是从这里开始，有如千军万马，从地底钻出。路灯并不敞亮，道路狭窄。有点儿堵车。拥挤、杂乱无章，胡志明市的中国城，从来就不是高尚的地段，亦不缺少人间烟火。把手伸出车窗外，就能够着紧贴街面的商铺和住家。招牌倒是素朴，不外乎是白底的红蓝字，“雄王合作社”、“西贡解放日报”、“大安药堂房”、“六邑宾仪馆”……贴着“五福临门”、“吉祥如意”的对联。没有闪烁的霓虹，也不知是否还有中国式牌楼。我想扒开乌压压的电线和簇新的房屋，想把头探到巷子里去，看看那个裸着身体的少女杜拉，是否还留在中国男人的篾席上。

车子停在“范老五”。这条街是著名的旅游集散地，背包客的家。刚一下车，便被孩子拉住了衣角，“ZIPPO，ZIPPO”。小孩的脖子上吊着木箱，卖冒牌火机。一切都已改变：一个世纪前是法国落寞贵族，三四十年前是美国彪悍大兵，现在是像我这样来自世界各地的游客；然而一切又都没变，孩子还是瘦小精黑的孩子，打着赤脚，穿着灰黄布的短衣衫，卖来卖去，不外是火机、香烟，甚至火机的牌子，都还是“ZIPPO”。

我的三轮车夫来寻我了。他是一个瘦小的老头，东南亚的阳光把他手上的皮肤烫成黑色的胶鲮状，紧巴巴地贴着骨头。脸上的皱纹，就像罗中立名画中的《父亲》，成卷成卷地发光。难以想象他还不到五十岁。怕我被撞到，他小心翼翼拉着我的袖子，带我穿过汹涌的车流。因为速度飞快而失去焦点，我的脑海中只留下虚晃的画面。湄公河就是这样流进了大海吧？法国人的长棍面包、咖啡、罗望子树，中国人的寺院和泰山石敢当，美国人的可乐和快餐，芬兰人的手提电话，越南百姓脚上的橡胶拖鞋和少女飘逸的白裙，背包客汗流浃背驮着的背包和破损的登山靴。这个城市如此急促，太多的泥沙还未及沉淀，便浑浑噩噩地翻滚入海。

“轮船凭借自身的动力徐徐开行，沿着河道缓缓向前。经过很长时间，仍然可以看到他那高大的身影，向着大海航去。有很多人站在岩上看着船开去，不停地招手，挥动他们手中的披巾、手帕，但动作渐渐放慢，愈来愈无力了。最后，在远处，陆地弧线把那条船的形状吞没，借着天色还可慢慢隐没。”

无论如何，我想，我还是愿意叫她：西贡。

天后宫的香火

人与人从认识到熟悉，是一个慢慢确认和验证的过程。因彼此相通而相投，为彼此相异而相求。

湄公河上的日子，常常“不知身在何处”。明明是异乡，恰恰似故乡。“中国”，像蒲公英的种子，星星点点散落在广袤的湄公河流域，被风吹在哪里，就在哪里生根发芽。

无法计算金三角地区有多少因为战争、逃亡或其他莫名其妙的原因失去了国籍的中国人。无法计算这一路上有多少TCL、海尔之类写着中国品牌的广告，当然更有数不清且无所不在的中文商铺招牌——据说，闯荡南洋的华人，无法取得身份与土地，不得不从事当地人懒得想懒得做的生意买卖。在夹缝中生存的他们，虽然积累了大量财富，但也因此在族群矛盾激化的时候，备受嫉妒、排挤和迫害。眼下，倒是歌舞升平，我从未碰到过一位穷困潦倒的老乡。

隔在汪洋中的老挝东孔岛，因湄公河瀑布挡道，不通全程。从最近的市镇到那里，需历经一天的水陆周转。就是这个柬、老、泰边界上交通极其不便且人口稀少的小渔村，似乎完全不可能有任何中国人生活的痕迹。然而，岛上大路边的一所房子旁，居然横七竖八立着几块刻有汉字的石碑，饱经沧桑的样子，上书“直润开行远”之类，都是很喜庆的汉字，却拼成不连贯的句子。老乡说，应该与中文的含义没有任何关系。不管这石碑当下多么潦倒，端端正正的楷书，苍劲有力地端住了它们往日的身份。它们是怎么流落到这里？它们曾经属于来岛上谋生而发迹的中国人，还是岛上那些倾慕中国文化的老挝人或法国人所为？它们是费尽周折从岛外运来，还是这岛上本来便有精通中文的能工巧匠？

更加搞笑的“中国”在奔向吴哥的红土路上。胖司机一直跟着卡带摇头晃脑地哼唱，那小调十分古怪，感觉异常熟悉，却又不知所云。在上丁镇的湄公河，坐过一个超级慢的轮渡，旁边的柬埔寨小男孩跟着轰天响的音响呀呀哼唱，模糊的吐字突然使我想到同事的小女儿的歌声：天啊，《老鼠爱大米》！没错，一通百通，还有《两只蝴蝶》！《忘情水》！前些时，看到清迈人看《还珠格格》倒也不稀奇，上丁人看80年代的香港武侠剧集也很正常，最让人惊讶的是暹粒人的电视里居然在放《玉观音》！孙俪同学在电视里讲柬埔寨话！

我们刚到越南认识的第一个人，便是一位“中国导游”。她是广东梅州人的第四代，父亲还会讲广东话。可是她怎么看也不像广东人，也不像越南人。当我第一次见到她，不禁叹一声：嘿，好一头大妞！她整个人圆滚滚的，扎个小辫儿，脸蛋通红通红，穿一身说不上什么颜色的衣服，和一个比她体积还大一倍的白发老头儿，扒在三轮摩托的后踏板，车里面是近十个被塞得兴奋不已的欧洲胖子。这姑娘很好玩，竟对跟在后面的我打呼哨。我真担心他们随时都会翻车，那个黝黑精瘦的越南司机却是很有把握的样子，和前轮一起尖尖地翘在前面，颠颠地朝前冲。第二天，她带着满满一船游客去金边（居然正是乘我们来越南的那条空船，虽然头一天的航程里大家没有说一句话，等到第二天意外相逢，船长和大副便热情地和我们打招呼，像熟人一样），把我们交给了一位“帅哥”导游。此人染一头“黄毛”，从头到脚武装着“阿迪”，居然嬉笑着跟我说他也是中国人，他细皮嫩肉，轮廓身材的的确确更像中原人，一路见得多了，也懒得理会他说的是真是假。他带我们去的香厂，是一个秉承传统的中国家庭所开。香厂老板的家也请游客参观，福字、对联、灯笼、财神、观音、逝去的先人像、四世同堂，还有村口的供土地爷牌位的神龛，我笑着告诉这群欧洲哥们：你们可上当了，你们以为这是越南吗，这明明是南中国的乡村！

的确，东南亚的华裔，比国人更完好地保存了中华信仰，为此，“天朝上国”来的我也不禁为自己土地上的文化流失感到遗憾。顺着湄公河水漂流而下，和“灵屋”有同样功能的土地庙，越来越多。越南的宗教几乎完全受中国儒释道的影响。在越南乡间，所看到的宗教祭祀物品和庙宇中的陈设，不仅样式与中国无差，甚至连文字都全部是中文，比在版纳看到的汉字还要多，不禁让人时时产生“回家”的错觉。再比如，拿越南最大的城市胡志明市来说，旅游书上的TOP 2，天后宫和福安会馆祠堂，便都是中国人的庙宇和会所。

福安会馆祠堂是以精致的陶瓷雕像、黄铜祭祀器皿和规模庞大的黄铜雕（雕的是中国传统故事集）最为著名。福安会馆正堂的木雕大匾，刻着“灵昭海外”，透过一层层吊在空中的圈香和精工细作的“福安会馆”宫灯，看到这四个大字，情绪顿显深幽。当年的建设者们——这群流落异乡的福建人——无论如何身居高位，仍然是一群期待母亲庇护的孩子。他们的灵位，就设在偏门边的厢房。门口有位着花衣服的阿姨摇着蒲扇，我轻悄悄地溜进去，才发现这也许不是公共展示的区域。房间里零零散散放着孩童的小车、玩具，女人的手袋，几把椅子上搭着两件衣服。一个长方形的五屉柜，约占了房间四分之一的面积，摆着密密麻麻的灵牌，鲜艳的盘碟上盛着新鲜的水果。我默默念着黑色檀木上白色的名字，心中竟然有种奇异的温暖。是家的感觉吧。墙上的黑白照片里，男人穿着西装马褂，女人穿或长或短的旗袍，都那么年轻，他们凝望镜头微笑的那一刻，不会想到，多年后正是用这样的微笑，面对着死亡和永生。

堤岸区的天后宫，浓浓升腾的香雾，将似是而非的虚境带入极致。中国海的女

▼泰山石敢当。

神，妈祖，保佑着所有远航的人。美国大兵来了，他们寻找年轻时在热带丛林中历经过的炮火、激情与恐惧[1]。法国人来了，他们寻找祖辈留在印度支那的庄园、血脉与辉煌。在我的航程中，我寻找着我的“中国”，就像寻找一份流逝的情感，一步一步，感受自己执著的心意；一步一步，明白了物是人非；一步一步，懂得在新的土地上就该有新的生活。

1 二战后，越盟南北两派合力赶走了日本人。法国人想回来重做殖民者的美梦，被越盟坚决地粉碎了。越盟北方共产党领导胡志明和南方天主教家庭出生的极端反共分子吴庭艳的决裂，导致了南北越的分裂。越共从此开始踏上了要求统一的游击战。美国人至今还在为1965年那次愚蠢的出兵进行反思。越战到现在都是好莱坞最卖座的电影题材之一。一直到1973年，美国人才灰溜溜地离开越南。越南真正统一。

福安会馆紫色的香雾，飘着的是思乡的味道。

遗失的岛屿

“我喜欢你。”

“为什么？”

“因为我喜欢你。”

如果爱情的开始并不需要理由，那么，当爱情结束了，也不用去问理由。

湄公河是从哪里发源的呢？湄公河的入海口又是在哪里？

“澜沧江源”之碑，虽然已经立在了中国青海富吉山的拉赛贡玛，但实际上，关于源头具体位置的说法仍有十来种之多。我国和欧美众多国家都曾多次考察过它的源头，并没有一个令人信服的标准答案。打开亚洲水文地理图，你会更加疑惑。在三江源的扎阿曲与扎那曲的汇合处（尕纳松多）上游地区，在冰川峡谷之中，居然有近四百条大小支流。不过，有一点非常肯定，至少她的前半生，不叫湄公，她被命名为澜沧江，基本上被认为是另外一条河流。

所以，不用追问了吧。无源之水，千里奔流。在她自己堆积冲刷的富饶平原上，她好像消失了，变身为大大小小的沙洲河道。越南人称为九龙江的，大概也绝

▼在我的航程中，我寻找着我的“中国”，就像寻找一份流逝的情感，一步一步，感受自己执著的心意；一步一步，明白了物是人非；一步一步，懂得在新的土地上就该有新的生活。

非九条支流这么简单，可能是受了中国人的传染：“九”为数之极。又有人说，最南端的富国岛屿，是一个世外桃源，那里有成群的棕榈树、轻柔的海浪、羽毛斑斓的飞鸟和绚烂多彩的鲜花。那里的沙子，像白面一样，湄公河就是在那里入海的……

“大河与远天相接。河水滚滚向前，寂无声息，如同血液在人体里流动……”

她是终将得到归宿的。浩淼的海洋终将接纳她。只是，连她自己也不清楚到底在哪里踏入归途。

也许是一片梦中的岛屿。或者，根本就不再重要。

人的一生中，值得完完整整去经历一条像湄公河这样美、这样纤巧与雄伟、这样温柔与凶猛的河流。

去吧……

就是这样。

附记

后记

结束的结束的开始

有一年的时间，我没有写一个字。

他们对我说：你差不多忘记了吧。

我就笑。笑的时候，能感觉到下腭滑过牙床，伴随着轻微的麻痒，隐隐地有“咕噜”的一声。那一年，我突然迷信“完整”与爱情的关系，下狠心花了几个月的工资想要完美地补上“右下三”的残缺。那是一个失败的种植牙手术，进口的肽钉压迫着我的下腭神经，已经七年了。

这是一件不应该忘记并且需要认真对待的事，却常常被忽略了。有些事情是很想忘记的，却一而再地涌起，有点像潮汐，不确定哪一阵风就将它吹起。

湄公河以前，有这样一件事。

回来后，我告诉自己，写完它，一切便会过去，必然会有新的生活、念想与期盼。

可是突然有一天，我的笔停了。约是去年此时，彻底停了，从此一个字也没有敲打过。笔记本电脑也识时务地坏了，回车键只有左边是灵的，以“小红帽”为界的右半边，统统罢了工。

就像真的丢下了一样呢。

湄公河，板牙。板牙，湄公河。那是完全不同的事，不是吗?

2008年6月21日，我突然恢复了了结的欲望和了结的本领，连同一起了结的，是三年来的心情。是的，不复再有了，那些流过的眼泪，绞心尽力的夜晚。不再会有了吧，包括，之后碰到的人，本来以为是亲人的人。

世界真是让人失望啊，不过，不抱期望的话，一切便会好很多的。

这并不意味着，你不会微笑着走过去。

是的。还有后来。

后来玉康说来看奥运会的时候帮我带一支岩坦打制的银钗。

后来玉康没有来，岩坦把钗子给我寄到了北京。

后来药茶发来信，宗家奶奶去世了，他大哭了一顿，非常想我。

后来小改和新平结了婚，生了个女娃儿，说景迈的古茶园卖了，要搞旅游开发了。

后来A把那块“直润开行远”的碑石搬回了妈妈的家。

后来A没有听妈妈的话，远走泰国生活，走的时候妈妈哭了。

后来NO NAME失去了音讯。

再后来……

我写了这本书。

旅行的故事，总会有很多很多的后来。

在我的结束是我的开始
足音在记忆中回响
沿着那条我们从未走过的甬路
通往那扇我们从未打开的门

——艾略特《四个四重奏之焚毁的诺顿》

我想要把这首歌送给你

旅游提示

1.

无论车船飞机，一定至少提前一至两天订票，尤其年节期间。冬季的西双版纳蚊子超多。日晚温差巨大。中午日晒强烈，在山里，驱蚊油、防寒衣、防晒油必不可少。

2.

如果从西双版纳出境去老挝，必须有过出境纪录的护照才可以落地签。去缅甸只能跟团边境游，陆路水路均无接受护照的对应口岸。去泰国则必须先办好泰国签证。若是首次去泰国，则需要出示带有本人姓名、离开泰国的证据方可(机票、船票、车票均可)。

3.

西双版纳的常规旅游项目是：傣、哈尼、布朗等民族风情游，观赏民族舞蹈、动植物王国、佛寺、边境游。均收费高昂，适合赶时间的游客。

4.

可以相信在车站和机场的“导游”，有些很“哥们”，请他们买票划算一些。但在建立感情之前，一定要狠狠砍价。请他们包车一定要讲好去几个购物点，大约多长时间，与不去购物点的价格有很大差别(去购物点也可以不买东西，事先谈妥即可)。

5.

如果是有时间的驴友，建议到版纳长途客运站，任意去个未经开发的傣寨，都比风情园收获更多更大。西双版纳的佛教传承与文化，也唯有在每个村庄的寺庙中才有更深的体会。收费寺庙过于景点化。在傣寨请人开摩托去哈尼或其他民族山村，便宜又方便，而且你将感受到少数民族人民特有的热情好客。

6.

因为听到朋友对某些驴友的非议，特加入这一点。答应的事情一定要做到，不要让少数民族朋友失望。维护驴友的良好形象，是我们共同的义务，也是做人的本分。

7.

50元在西双版纳可以住到非常干净卫生的标间(满大街都是这样的私人旅馆)。节假日同样的房间，价格应在三到四倍以上。

8.

喜欢傣味的朋友，敞开肚皮吃吧，实在太便宜！涂上驱蚊油，在江边享受浪漫烧烤吧，价格也不比大街上贵。

9.

爱美的女生，为自己打一支头钗，或是订做一身泰丝傣服，又便宜又好看。方便携带的话，到农贸小商品市场看看傣族的手绣床单、竹器陶器，十分古朴。这些地方都没有游客，价格实在，可稍便宜个块儿八毛。纪念品商店大都是大路货，价要往死里杀，尤其是买所谓的缅玉，自己不会辨识就别做冤大头。

1.
在清迈旅行，只要记住The Moon Muang（或者SK house，所有司机都知道它，到了后以它为中心转就可以了），找旅馆将变成一件非常有意思的事！因为他们的风格实在太多太漂亮，老板又都是笑眯眯的（我还碰到一对变性老板，超可爱的），和他们聊天侃价非常好玩。问上几家，便大约知道行市，绝不用担心“被宰”。指南除了让被介绍的旅馆价格暴涨人暴多之外，没有任何意义。

2.
著名的清迈夜市有点儿像北京老秀水，凑热闹行，不用抱太高期望。有些高山族人在此售卖民族绣品，可以考虑。不过，在这样的地方购物，侃价一定要狠。

3.
清迈有许多有设计想法的小店，出售衣服、小玩意、家居用品。虽然有点贵，不过还是比在国内便宜很多。

4.
基本上可以相信The Moon Muang上所有的旅行社和旅馆，他们的旅行中介服务非常专业，常常比个人游更便宜，且让人省去不少心思。但不妨多问几家，价格上还是有些差异的。

5.
在清迈这样的小城市，可能有无数旅游中介。但骑象是一家公司，去朗邦是一家公司，看手工工厂是一家公司，探险是一家公司，我想说的是，所有项目的位置都是有限的。所以，任何计划最好提前二三天预订。除了海滩，清迈及其周边有你想在泰国玩到的所有东西。

6.
在游客集中的咖啡吧吃东西，固然便捷，不过还有更便宜可口的泰北小吃可以选择。边走边逛边吃，是旅行特有的乐趣。何况，那些巷弄人家，实在太迷人了！走远路乘TUTU车（一种有座位的摩的）或是RED CAR（随叫随停共同乘坐，座位结构有点像手扶拖拉机），均十分方便，注意要砍价。

7.
早晨和傍晚最好逛。中午睡会儿午觉。下午带个BIG WATER随便找个寺庙，在树下看书写字，比在咖啡馆吹空调更凉快舒服。晚上，在河边吃大排档或者去按个小摩，泰国人会告诉你什么是真正的服务。如果想看人妖可以向旅馆老板打听，没准还有打折票。

8.
既然来了清迈，帕辛寺壁画、古塔还是要看的。其他寺庙随缘就好，不用对着旅行手册一个个去核实，那样会让整个旅行索然无味。不是专业研究人员，也看不出那些高大的锡兰狮子、兰那建筑的三层斜面翘角飞檐有何不同。清迈的寺庙每一个都好，雕工都极尽心力，人情味十足。在那里最好的功课，除了安静，还是安静。静静地看身边发生的每一个细节，就是极大的满足。

9.
从清迈去老挝，可以经素可泰、彭世洛从廊开过境去老挝首都万象，但是去老挝最美丽的城市朗邦便要逆湄公河而行了。或者坐车五小时到泰国边境清孔，坐小机船横渡湄公河到对面的会晒口岸，再乘坐慢船两天一夜（想刺激的话，坐6小时的快艇，不过不安全）游览湄公河到达朗邦。

1.
也许你正和我一样在担心下一站的签证与行程。柬老边界的Dom Kralor-Voen Kham边境站刚开放不久，老挝的旅行服务就算是很跟得上趟了。头天在四千岛的任何一家家庭旅馆订票（价格不会有什么出入），次日早上便可以坐车离开，到达柬埔寨境内任何旅游城市，所以，不用为下一站旅行担心啦。

2.
坐一趟慢船吧。在清迈预订就好。虽然河两岸的景致不是那么丰富，但光是看看听听这一船渡河的国际旅人，就足够有意思了。

3.
请你用尽可能多的时间，在朗邦住着。庙里或者街头，呆着，晃着。像姜太公一样吧，相信我，一串串的故事马上就上钩了。

4.
在朗邦夜市购物，要尽可能地讲价。即使还价再低好脾气的朗邦小贩也不会对你怒目相向。所以不用担心黑心商人，只是要提醒自己知足常乐。人民币10块钱一件的白细布长袖子小衫最好备上一件，比速干衣还速干，而且遮阳，旅途中超级有用。

5.
如果时间不够，你完全可以忽略掉万象。那些著名的景点，以凯旋门为代表，不去也罢。沙格寺值得一看。

6.
瓦普庙还是要去的，在它还没有被愚蠢地翻新之前。老挝人爱对外宣称瓦普是吴哥建筑的缪斯与先驱。那里东倒西歪的雕刻精品，其保护之不利，比吴哥更让人痛彻心肺。但那里也有吴哥没有的巨大鸡蛋花树，白花盛开，十分美丽。

7.
想在四千岛看江豚的愿望，恐怕要破灭了。著名的东德岛已成为旅行集散地，太热闹。目前极力推荐东孔岛，这里大部分仍是原住民，吃住相对安静便宜。看瀑布也很顺道。无论如何也要在原住民家吃一顿好的。岛上的蔬菜和鸡蛋都非常好。柴锅炒的菜饭也都很香。

8.
我想，至少目前我愿意说我可以相信老挝的任何人，他们是可以用心对话的人。无论是旅馆老板、旅行公司的职员，还是讨钱的和尚和孩子。他们平和，而且都不失尊严。

1.
在柬埔寨，你真得多当心一些。这里是旅行发展完善的地方，当然有不少狡诈的商贩、刁钻的摩托司机、灵敏的小偷、敲竹杠的边境检察人员和信口开河的旅行社。

2.
可是无论如何，你还是要去吴哥的。而且无论如何，至少要安排完完整整三到四天在那里呆着吧。那些跟团一日游的人真的很无聊。门票很贵，但非常非常超值！

3.
经实践得出的最佳吴哥旅行线（三日游。你可在此基础上，以探险或度假的心情放慢，再强调一下，请你至少保证会在那里三天，否则就不要去）：

1）头天到达和安顿之后，到景点购买一张三日的票。不用担心在午后进入会浪费一天的限额（当天是送的）。千万别听旅游书赶往巴肯山看日落，虽然那真的很美，也要看你是否愿意忍受嘈杂的人群和飞扬的尘土。抓紧时间到巴戎寺感受神秘的高棉微笑或是通过“天堂的阶梯”直奔吴哥窟的制高点，接受最最强烈的震撼！

2）完全能够了解看完巴戎寺或“天堂的阶梯”之后的兴奋心情，不过还是早点睡吧，五点天不亮就上巴肯山。够快的话，紧接着在七点半之前，大队旅游团队还没到达时，静静享受巴戎寺的宁静。看看壁画——如果时间太紧，也可以忽略巴肯（其实那景致和其他地势高的庙没多大差别）。当你遥遥看见游车来到，大约是八点钟，你就撤往皇家围地和吴哥古皇宫，那里的普拉帕利雷寺会让你第一次见识到榕树的力量。在周围的米线摊上吃上一口，便在正午时分去吴哥窟看壁画吧，十二点到两点这段时间，长廊里的人并不多，还可以躲过正午的毒太阳。到了两点半，只要感觉有大队游客到来的趋势，尤其是密挨密的日本团队伴随着导游声嘶力竭的讲解声音出现，便往吴哥窟深处走，寻一处没人的廊角，补充点能量——打个小盹或是吃喝点自备食品。近五点，游客们要去巴肯山了，你就爬上天堂的阶梯，看热汽球在平原上缓缓升起。下午六点，吴哥窟要打烊了，到东侧门，那是近距离观看夕阳中的吴哥最好的角度。除了极个别摄影爱好者和一两个祭拜的当地人远远呆着，吴哥就像刚洗过澡一样，没有任何杂人杂质。绕着护城河的荷塘，散步到达吴哥正门，观看灯光下的吴哥景致。

3）塔布隆和圣剑寺必须去。也完全有时间加上龙蟠水池、比粒寺。沿途还有些不那么著名的小寺，视时间状况吧。也可以选择重看第一天自己喜欢的景点。

4）先去丛林中的奔密烈（一般到都近中午了），保证别超过五点半到达女王宫（很小，如果不是对雕刻有特别兴趣，一个小时应该足够），贪多的话中间去一趟千林伽河。不过就得起得很早很早了，看的时间也要加快些。人多包个汽车，便完全没有问题。

4.

看在这是吴哥的份上，稍微在住宿和晚餐上放纵一下自己吧。吴哥的好饭店很多，尤其是暹粒镇上的家庭旅馆听说很多都不错，跟着一个TUTU车去就是。但还是要推荐INDOCHINE，它是离吴哥最近的旅馆。它似乎是为那些怀着老殖民主义者情结的法国人建造的，每一间房的装修装饰都不一样，会让你有置身电影《印度支那》中女主人卧室的错觉。200元人民币，你便可以拥有自己独立的露台和小院，还有游泳池和不错的法式自助早餐。

5.

去金边的票就找饭店订吧。如果专程去买，加上路费你会发现其实都一样。无论如何最好提前。

6.

我希望我的读者都是怀着纯善的念想去柬埔寨。金边的广场是全世界最脏乱的广场，小食摊上有蝎子蜈蚣之类全世界最不可思议的油炸食物。可是一切会因为卖青莲花的女孩、天上的鸽子（它们黑压压飞过夕阳下的金檐翘角的时候有点像科幻片中的场景）、顺着湄公河踱步的大象而显得美好。

7.

从金边到胡志明市，坐车会便宜一些，不过最好的选择是坐船经湄公河三角洲到胡志明市，一是避免走回头路；第二优点是湄公河水会让你从金边的叮哩哐啷声中相对安静下来；第三个优点有些让我百思不得其解，那就是顺流而下的游客比逆流而上的游客要少得多！我们那艘“专艇”，第二天在越南水上市场返回时至少塞了六七十人！在金边确定好开船时间（每个季节都不一样），提前一小时到码头上现买船票，然后去河边那个看似昂贵的餐厅大吃一顿。非常美味，份量还蛮足，价格就跟北京的中档餐厅差不多。

8.

若不准备在金边久留，那么一到暹粒，就在旅馆代办越南签证吧。比在北京办要便宜——据说也是世界上办越南签证最便宜的地方。无论如何，三天之内可以取到。

9.

如果已经有了签证，在朱笃附近的边境入关会十分简单。注意，越南没有落地签。

1.

在金边可以通过旅行社预订湄公河三角洲的散团旅行项目。在饮食上住宿上都有相对的自由度，同时省得为交通操心，还能得到一些有用的资讯。不过金边的旅行社还是要货比三家。

2.

或者像我们自己坐船到达朱笃。那里是从上游下来的旅行者的汇集地，很容易在码头附近——但必须是在码头附近，找到合适的小团队加入进去。这样的项目在胡志明市也有，你只是多加几个美金，就可以真正接近三角洲的农家生活，而不是除了电视什么乐子都没有的小镇宾馆，千万别犹豫。

3.

乘过湄公河上的各种渡船，走过三角洲沟河湖汊的各种桥，才算不白来越南。

4.

多多光顾大排档吧！用米做的各种小食(比如米粉)。发挥神农尝百草的精神在免费附送的十几种草里随便夹上几种，但别以为这些你都能“享用”，有些东南亚味道可是很难接受的。喝鲜榨甘蔗水，吃各种鲜果(尤其在农家树上自己采摘的更美味)。

5.

胡志明市还是有一些景点：天后宫、福安会馆、越战博物馆、总统府、清真寺之类。反正只要你在范老五的酒吧里喝过一杯，你便会知道的。他们也为单独的背包客提供景点一日游、二日游之类的项目，也很是划算、够人性化的，也不会被逼着去买东西。

6.

越南式的人力车坐坐，摩托骑骑(别以为你可以跟越南人飙车)，这样的体验才够深刻。

7.

只要认识范老五，你就找到了背包客的大本营。只要在范老五的背包客旅馆住上一晚，你就知道如何玩胡志明市，以至整个越南。

8.

女孩子订做一身越式的AODAI，在边青市场买点东南亚草编竹编木制的小东西。最后一站了，不妨多带，比国内还是便宜一些。越南人很拧，还价都不大，也许是我的本领还不够高强。

9.

似乎有好几条回家的路：若游兴未尽，以胡志明市为起点，可以再开始一趟越南海岸线之旅，绕河内，一路大巴，边走边停，从广西回家；坐船到香港体验越南几代偷渡客的心境后回家；坐飞机直接飞深圳或北京(票最好在国内买，可以便宜至少三四倍！我坐上飞机才发现自己的票买贵了六倍！)。

湄公河发源于我国青藏高原的唐古拉山北麓的扎曲河和吉曲河，在西藏昌都汇合后称做澜沧江，至西双版纳勐罕镇勐松山脚成为中国与缅甸两国界河，再往下31公里，至勐腊河口中、缅、老三国交界处以下称湄公河。湄公河沿途流经缅甸、老挝、泰国、柬埔寨和越南五国，在越南她分九条水道流入南中国海（主流为上湄公和下湄公两道），汇向太平洋。因此在越南她亦被称为九龙江。湄公河主干（下湄公）全长4880.1公里，在中国境内干流总长2130.1公里，中缅界河31公里，缅老界河235公里，老挝内河789公里，老泰界河975公里，柬埔寨490公里，越南230公里。流域总面积81.1万平方公里。

巴色 128-129
占巴色 123-124
四千岛 133-136
吴哥 150-172
磅湛 143-149
金边 187-191
胡志明市 205-211
芹苴、永隆
富国岛 220-222

图书在版编目（CIP）数据

湄公，送你一首渡河的歌 / 元石著. -- 天津 : 天津人民出版社，2014.1
ISBN 978-7-201-08198-4

Ⅰ.①湄… Ⅱ.①元… Ⅲ.①游记-作品集-中国-当代 Ⅳ.①I267.4

中国版本图书馆CIP数据核字（2013）第162830号

天津人民出版社出版
出版人：黄　沛
（天津市西康路35号　邮政编码：300051）
网址：http://www.tjrmcbs.com
电子邮箱：tjrmcbs@126.com
北京彩虹伟业印刷有限公司印刷　新华书店经销

2014年1月第1版　2014年1月第1次印刷
880×1230毫米　32开本　印张8　字数：74千字
定价：38.00元